Les Trois Marches

Antonin Malroux

Les Trois Marches

ROMAN

Albin Michel

1

Le hameau se dissimulait au cœur d'un enchevêtrement, d'un froissement constant de feuillages : fruitiers, noisetiers, haies vives, mal taillées ou poussées là par hasard, dont les parfums se laissaient porter par les flancs de courants d'air parfois impétueux. La chaleur de l'été montait de toutes parts, de toutes choses, pierres et murs, et retombait en une sorte de vapeur.

La pendule marquait 11 heures, et à ce moment de la journée, d'habitude, la maison était déserte, chacun vaquant à l'extérieur. Il y avait tant à faire sur ce domaine. Mais ce matin, Marcellin et Julienne Favre avaient décidé d'être présents pour accueillir le nouveau et le fonctionnaire de l'administration qui l'accompagnait, avec lequel ils entretenaient de bonnes relations. Paul et Françoise, leurs deux enfants, impatients eux aussi, tournaient et viraient au coin de la maison, à l'endroit où l'on voyait approcher les visiteurs. Le chien Tatou, excité, sentait qu'il se passait quelque chose.

L'homme et l'enfant marchaient côte à côte.

Quelques mètres encore et la maison des Favre surgit devant eux, imposante.

De larges pierres de granit mal jointes formaient un perron devant la porte de chêne, aux couleurs usées par les intempéries.

Au premier coup d'œil, Laurent comprit qu'il s'agissait là d'une propriété importante, une vaste maison d'habitation, bien éloignée, bien séparée par des jardins potagers des étables et des hangars.

– Les voilà..., murmura Mme Favre.

On dut retenir le chien.

Les regards se cherchèrent, se trouvèrent, puis les sourires de bienvenue apparurent. Les adultes se serrèrent la main, tandis qu'en un geste amical, empreint de tendresse, Julienne Favre posait la sienne sur l'épaule de Laurent.

– Mais tu n'es pas si petit que ça, sais-tu ? dit-elle en souriant.

Paul, tout en retenant le chien, parvint à s'approcher du jeune garçon :

– Il s'appelle Tatou, dit-il, tu peux le caresser, il n'est pas méchant... Il va te lécher et vous serez tout de suite amis. Ne lui fais pas mal, surtout !

– Ça ne risque pas, j'aime trop les chiens.

On débarrassa Laurent de sa modeste valise en bois qui ne contenait qu'une paire de chaussures et quelques vêtements, et Paul lui fit signe de le suivre. Ils avaient hâte d'échapper aux conversations des adultes.

De loin, Marcellin Favre observait son nouveau pensionnaire, tandis que Julienne s'entretenait avec le responsable de l'administration.

Les présentations avaient été vite expédiées entre les jeunes gens. Déjà Paul et Françoise s'accaparaient Laurent et l'emmenaient explorer le domaine des Trois Marches, en posant mille questions en avalanche. Paul, du haut de ses treize ans, annonçait déjà sa place de chef. Laurent remarqua ses mains, larges pour son âge, et ses genoux forts, ses cheveux bruns en bataille, ses yeux sombres habités d'une autorité naissante, probablement reçue en héritage. « Un vrai gaillard des campagnes », songea-t-il. Et il recevait en même temps la générosité de son sourire. Un bon copain, du moins l'espérait-il.

Quant à Françoise, frêle et douce, elle le regardait avec une curiosité prudente, comme si elle réservait encore son opinion, ou se protégeait de l'inconnu qu'il était.

– Nous avons le même âge, dit-elle sans le regarder. On sera peut-être dans la même classe, ce serait bien pour les devoirs et les leçons. Je dois te dire que les instituteurs sont sévères ! Paul a un an de plus, il ne sera pas avec nous. Mais pour l'instant, ajouta-t-elle avec un petit sourire en coin, c'est les grandes vacances, même si on les a avancées de quelques semaines pour les foins.

– Il doit y avoir du travail, ici, dit Laurent, c'est une grande ferme !

– la plus grande du pays ! lança Paul avec une nuance de fierté dans la voix. Autrefois, les Trois Marches possédaient en plus les terres des Boislambre, les voisins d'en bas. Un jour peut-être...

– Tu n'as pas à raconter ces histoires, le reprit vivement Françoise. Papa a défendu d'en parler.

– Il dit ça mais c'est lui qui en parle le plus !

– Vous avez combien de vaches ? S'inquiéta Laurent, sachant que l'on évaluait la richesse des fermes à l'importance de leur cheptel.

– Dix-huit vaches et autant de veaux, une paire de bœufs et un taureau.

Puis, penché vers son oreille :

– On compte bien acheter un tracteur, mais ça coûte bougrement cher !

Regard dubitatif de Laurent.

– Tu peux le croire, ajouta Françoise. Tu étais bien dans une ferme avant de venir ici ? Nos parents nous l'ont dit. C'était plus grand que chez nous ?

– Non, bien au contraire. Six vaches seulement et pourtant il y avait du travail pour tout le monde, même un peu trop je crois, mais il n'y avait pas de domestiques.

– Chez nous, sans compter la cuisinière qui vient tous les matins, nous avons deux domestiques en ce moment, le bouvier à l'année et un deuxième de juin à octobre. Tu verras, on n'arrête pas. Tu iras certainement garder les bêtes, tu n'en as pas peur ?

Laurent ne répondit pas. Il savait qu'il devrait travailler. Un travail d'enfant, bien sûr, mais un travail tout de même, surtout pendant les vacances scolaires. À douze ans il pouvait assumer cette tâche et ne se considérait pas comme un paresseux, tant s'en fallait.

– C'est vrai que la femme qui te gardait est morte ? demanda Françoise.

– Oui, c'est vrai, répondit-il avec une émotion contenue.

Le fonctionnaire quitta les Trois Marches en souhaitant bonne chance au jeune garçon, sans autre discours qu'il jugeait inutile. Il avait l'habitude.

Au repas de midi, patrons, enfants et domestiques se rassemblèrent autour de la grande table. Augustine, la cuisinière, qui arrivait vers les 9 heures et partait dès la vaisselle du déjeuner achevée, s'activait du fourneau à la table.

Laurent, debout près du banc, ne parlait pas, attendant l'attribution d'une place, *sa* place.

– Veux-tu t'asseoir à côté de Françoise, Laurent ? Est-ce que ça te convient ?

– Oui, monsieur.

– Je sais que tu es intimidé, mais je ne suis ni ton père, ni ton oncle, alors appelle-moi Marcellin, si tu veux bien. Et ne t'inquiète pas, je n'ai jamais mangé personne, je n'aime pas la chair fraîche, dit-il avec un demi-sourire au milieu de sa figure mal rasée.

– Oui, monsieur Marcellin.

– On ne te fera pas de misères, ici. Il y a toujours eu

un petit de l'Assistance dans cette maison, c'est comme qui dirait une tradition. Pour dormir, tu partageras la chambre de Paul, il y a un lit pour toi avec une bonne paillasse. Deux pièces seulement sont aménagées à l'étage, le reste est en grenier, c'est tout encombré.

Paul lui décocha un clin d'œil complice.

– Vous verrez ça tout à l'heure, intervint Mme Favre. Mangez pour le moment. Aujourd'hui, tu ne feras pas grand-chose, mon petit, le temps de t'habituer...

Elle occupait un coin de table, prenant juste le temps de croquer quelques bouchées, ne pouvant s'empêcher de participer et d'aider Augustine. Françoise également. Dans cette famille comme dans toutes les autres à la campagne, les maîtresses de maison s'asseyaient rarement durant les repas, plus occupées à servir qu'à se nourrir, debout près de la cheminée.

– Y a les foins qui nous attendent, reprit Marcellin qui songeait sans cesse au travail. On n'est pas en avance. Demain on doit couper de bonne heure.

Firmin le bouvier et Maurice le domestique mangeaient en silence. Comme une présence invisible, planait sur ce petit monde l'autorité absolue de Marcellin Favre, le maître des Trois Marches.

La pièce commune elle aussi respirait une sorte de force que l'on ne pouvait définir, mais qui appelait au respect. La haute cheminée ne s'éteignait que la nuit, faussant alors compagnie à l'inexorable tic-tac de la pendule, quelques heures durant. La comtoise n'avait plus d'âge et son cadran émaillé ressemblait à un masque de cire sur lequel les aiguilles, infatigables, traçaient leur course perpétuelle. Derrière la vitre de ce sarcophage vertical s'échappait à chaque demi-heure, avec un son métallique, un peu du Temps universel. Tous les deux ou trois jours, il fallait pourtant lui redonner de la vigueur en remontant ses poids à l'aide de la petite manivelle pendue près du balancier, d'où jaillissaient, par moments, des éclats de feu.

– C'est la pendule des Favre depuis toujours, et elle demeurera Favre ! dit Marcellin à Laurent qui s'était pris à rêver, les yeux fixés sur cette machine à égrener le temps.

Julienne acquiesça gravement en direction du petit nouveau.

– Pour cette première journée tu n'auras qu'à visiter la propriété avec Paul et Françoise, ajouta Marcellin. Tu verras, petit, que les Trois Marches sont un grand domaine. Tu apprendras avec l'âge qu'il faut plusieurs générations pour acquérir des terres, et parfois très peu de temps pour tout perdre. C'est difficile de conserver ses biens. Et plus difficile encore de les agrandir.

– Laisse-le donc tranquille, Marcellin. Il aura bien le temps de comprendre tout ça. Et puis dans chaque ferme familiale c'est pareil !

Mais Marcellin était lancé.

– Mon père, mon grand-père et bien d'autres avant eux ont trimé dans nos champs, sous le soleil qui t'assomme les jours d'été, sous les pluies d'automne, avant les hivers longs et pénibles, et en attendant les belles journées de printemps qui se font toujours trop attendre.

– Allez ouste les enfants ! s'écria Julienne. Sortez vite sinon demain vous n'aurez plus rien à apprendre !

Et en riant elle les chassa d'un geste de la main.

Marcellin se tut. Il n'avait qu'une passion : son domaine... et tant pis si l'on n'adhérait pas à ses idées, fussent-elles un peu folles parfois. Une seule pensée le hantait : travailler pour agrandir ses biens. Acquérir des terres.

Il referma son couteau. Tous quittèrent la table. Firmin et Maurice se dirigèrent vers les prés.

Françoise précéda les garçons en courant vers l'étable.

– Veux-tu venir voir mes porte-bonheur ? demanda-t-elle à Laurent. Après nous irons dans les champs.

Il la suivit dans le bâtiment en se demandant à quoi pouvait bien ressembler un porte-bonheur. Paul resta à l'extérieur, un sourire amusé aux lèvres.

Soudain, un oiseau noir et blanc fendit l'espace en trissant et disparut dans l'encadrement de la porte.

– Regarde, ce sont mes hirondelles, elles nichent ici tous les ans, depuis toujours.

Et il aperçut deux nids soudés le long d'une poutre du plafond bas et sombre, deux nids construits avec de la boue, minutieusement.

– Tu as de la chance, murmura-t-il.

– C'est du bonheur pour toute ma vie, ajouta-t-elle, convaincue.

À l'extérieur, Paul s'esclaffait, et on sentait là une longue habitude.

Comme pour se rassurer une fois encore, en sortant de sa belle demeure Marcellin se retourna pour la contempler, l'envelopper d'un regard chaleureux. Il l'aimait sa bâtisse à deux niveaux, tout en pierres de granit, avec des ouvertures à linteaux en pierre taillée, ainsi que les jambages et les appuis de fenêtres. Dans le toit à quatre pans, côté sud, deux chiens assis veillaient. Comme deux grands yeux. Une maison de maître, de riche propriétaire, abondamment colorée par le mauve chatoyant des glycines, sur presque toute la façade et le côté ouest. À ras de terre, la grande cave à demi enterrée respirait par deux soupiraux grillagés. Il pouvait en être fier, Marcellin Favre.

Plus loin, au-delà des jardins potagers, après le puits à margelle surélevée, un vaste bâtiment abritait les étables et la grange, avec son porche et ses portes au cintre parfait, permettant l'accès des chars à foin chargés au maximum. Tout proche, le hangar où s'entreposaient les outils, le matériel et le bois. Appuyé contre lui, le poulailler où l'on enfermait chaque soir la basse-cour. Et au-dessus, l'immense grenier où l'on étalait le seigle après les battages.

Les porcs logeaient tout près des étables, sous la montée de la grange, on ne pouvait les ignorer. Dans un verger attenant, près des noisetiers, se cachait le four à pain avec son ventre rond, sa bouche en demi-lune et son fournil attenant. En somme, il possédait tout ce qui était nécessaire à un homme de bien pour vivre an paix, en cette belle terre exposée au sud, quelque part au cœur de ce Massif central d'où l'on pouvait apercevoir le puy de Dôme et la chaîne des Puys.

Mais ce que maître Favre apercevait également, en léger contrebas, l'agaçait un tantinet. Une ferme avec ses fermiers propriétaires. Oh, modeste, elle ne valait pas la sienne, loin de là, mais autrefois, du temps de ses ancêtres, cette ferme et la sienne n'en faisaient qu'une. C'était Le bon temps, l'époque bénie de la grandeur, de la force et du pouvoir !

Hélas, les héritiers d'alors avaient dû partager, et s'étaient querellés jusqu'à se haïr. Et nul ne se souvenait plus aujourd'hui de l'origine du nom des Trois Marches. Quelques-uns – des anciens – avaient affirmé qu'en des temps reculés avaient existé trois fermes : les Marches, les Petites Marches et les Marches Hautes. Les maigres bâtiments des Petites Marches disparurent avec la mort de leurs propriétaires. De terribles années de famine et de malheur obligèrent les propriétaires à vendre. Sous Napoléon III qui encouragea l'agriculture, une riche famille acheta donc l'ensemble et rebaptisa le domaine d'un seul nom : les Trois Marches. Il avait fallu se contenter de cette version, à défaut d'archives. L'histoire des ancêtres continue : ils rencontrèrent des problèmes et, contraints et forcés, durent à leur tour céder des terres. Depuis ce temps, la petite exploitation d'en bas appartient aux Boislambre. Et cette seule pensée fend le cœur de Marcellin. Il ne peut s'empêcher de porter un regard de convoitise sur ces biens que l'on appelait autrefois les Marches.

Marie et Jean Boislambre vivaient avec leurs parents, les aidant de leur mieux, et leur fille, plus âgée que Paul de deux années. Un gros ruisseau que tous appelaient la Rivière séparait les prés des deux propriétaires et portait en réalité le joli nom de Vigourette. Jadis prétexte à querelle, elle abreuvait aujourd'hui les hommes et les terres sur chacune de ses rives, fournissait d'excellentes truites et écrevisses aux pêcheurs et aux braconniers, sous les ombrages des frênes et des aulnes.

C'est là que Françoise, Paul et Laurent, après avoir arpenté champs et prés, vinrent s'asseoir, les pieds dans l'eau, s'éclaboussant avec la vivacité de la joie.

– Sais-tu pêcher ? Questionna Paul.

– Je sais pêcher la truite à la ligne, mais aussi à la main, avoua Laurent tout heureux. J'espère que nous pourrons venir y faire un tour de temps en temps. On dirait que ce ruisseau est bon pour le poisson, l'eau est si claire sur les fonds de cailloux et de sable et il y a de jolis trous près du bord.

– Nous avons affaire à un connaisseur ! s'exclama Paul avec un large sourire. Faut que tu saches que Chune ne sait pas pêcher, elle n'a jamais voulu apprendre avec moi !

– Qui est Chune ?

– Pardonne-moi ma chère petite sœur, je n'aurais pas dû, c'est vrai, je t'avais promis de ne rien dire, tu devais le faire toi-même.

Le regard interrogateur de Laurent allait de l'un à l'autre. Se moquait-on de lui ?

– Je voulais te le dire plus tard, Laurent, murmura Françoise. J'ai un surnom : Chune, mais comme il ne plaît pas à tout le monde, j'attendais de mieux te connaître pour te le confier. Maintenant tu le sais, je suis Chune.

Elle le regardait, attendant quelque réaction, un mot peut-être. Elle savait que ce surnom surprenait toujours lorsqu'on l'entendait pour la première fois.

– Chune ? osa-t-il enfin. Pourquoi Chune, ça veut dire quoi exactement ?

– Quand j'étais petite, je disais toujours en l'abrégeant : Je suis une ceci, je suis une cela et ça donnait : Chune petite fille malheureuse, ou Chune toute seule, lorsque Paul ne me voulait pas dans ses jeux, lui ou mes camarades d'école. Voilà comment je suis devenue Chune !

Laurent, à la fois stupéfait et ravi, lui adressa un de ses sourires qui l'illuminaient tout entier. Il paraissait conquis.

– Je trouve que tu le portes très bien, je voudrais t'appeler Chune moi aussi, tu seras ainsi, j'en suis sûr, l'unique Chune de toute ma vie. C'est vraiment magnifique.

Les joues de Laurent s'étaient empourprées en parlant.

– C'est beau quand elle est gentille, intervint Paul. Mais quand elle se met en colère, et ça lui arrive souvent, tu peux garer tes os ! C'est une vraie capricieuse !

Comme s'il n'avait rien entendu, Laurent reprenait :

– Tu ne sais pas attraper les truites, Chune ? Ce n'est pas grave, je t'apprendrai, et même à la braconne ! On s'amusera bien, tu verras, avec moi la musette est toujours plus lourde au retour qu'à l'aller.

– Dis, Laurent, tu ne te vanterais pas un peu ? dit Paul en rigolant.

– Hé non. Les truites n'ont pour moi aucun secret. On ne va pas commencer aujourd'hui, il faut d'abord que je connaisse vos terres, mais un jour prochain, on se régalera de nos truites préparées par Augustine aux Trois Marches !

Et ils se remirent en route, sans réussir toutefois à boucler le tour complet de la propriété. Non que ce fût impossible, mais ils s'appliquèrent à contourner bois et taillis afin de ne pas interrompre leurs conversations. Chacun d'eux avait quelque chose d'important à confier, et déjà le soir s'annonçait.

On dînait à 8 heures chez les Favre, et l'heure des repas demeurait chose sacrée. *L'exactitude étant la politesse des rois,* Marcellin avait imposé cette rigueur. Seule l'heure du dîner était avancée pendant les mois d'hiver, afin d'économiser l'huile des lampes.

Laurent avait bien remarqué qu'il n'y avait aucune lampe électrique dans la maison, pas d'abat-jour de porcelaine au centre de la pièce, avec le contrepoids qui permettait d'atteindre le cantou, comme dans bien des foyers désormais. Rien de tout cela aux Trois Marches. Pourtant, des poteaux électriques se dressaient à proximité de l'habitation.

À peine attablé, ce soir-là, il s'attarda dans la contemplation de l'éclairage.

– Nous n'avons pas l'électricité, intervint Mme Favre en suivant son regard. Bah, faudra t'habituer aux lampes et lanternes. Nous y pensons, bien sûr, mais il y a toujours des choses qui passent avant, et puis ça n'empêche pas de vivre. Tu as connu l'éclairage électrique, petit ?

– Oui, madame.

– Faudra pourtant bien l'installer un jour, intervint Marcellin. Nous sommes parmi les derniers, mais tout ça coûte cher, il faut des ampoules dans toutes les pièces, y en a même qui ont installé ça dans leur étable... J'espère que tu t'habitueras quand même.

Le garçon fit oui de la tête.

Cette première journée aux Trois Marches se terminait enfin. Seul un nouveau mot, un nom avait émoustillé son cœur : Chune !

Submergé qu'il était par toutes ces découvertes, rassuré par l'attitude des Favre qui avaient montré à son égard tant de mansuétude, Laurent s'endormit sur sa paillasse de foin, sans entendre le marteau de la pendule battre le métal à l'étage au-dessous.

Chune, elle, s'endormit bien plus tard. Laurent lui plaisait, elle en était sûre, et déjà sa certitude cherchait comment s'accaparer une amitié qu'elle voulait exclusive. Quant à Paul, il dirigerait le trio, comme toujours. Aucun doute n'assombrissait son sommeil.

Le destin, lui, ne dormait pas. Il plaçait ses bornes et ses repères, traçait sans hâte les méandres d'un futur incontournable.

En ce milieu de l'an 1935, loin des terres auvergnates, le paquebot *Normandie* franchissait la digue du Havre, auréolé de l'admiration des foules, fleuron de l'esthétique navale que ne gâtaient en rien ses performances de sécurité et de rapidité vers New York et d'autres ports du monde.

Le lendemain matin, après la traite à la pointe du jour – parfois bien avant – adultes et enfants s'activaient vers les prés pentus, où les faucheurs avaient ouvert quelques premiers passages. Le pré de l'est n'était pas le plus commode, aussi fallait-il le tondre à la faux. Marcellin, Firmin et Maurice redressaient le fil de leur faux sur l'enclumette et l'écho renvoyait le bruit caractéristique des marteaux. À ce signal indiscret mais nécessaire, on savait alentour que les hommes entreprenaient leur ouvrage. Puis les faucheurs, bien campés sur leurs jambes, d'un geste large et sûr, de droite à gauche, tranchaient l'herbe haute où se mêlaient les taches colorées des fleurs sauvages succombant parfois en gouttes de sang. Les traces de leurs sabots et de leurs pas dessinaient d'étroites sentes écrasées.

On entendait alors le *chrrr, chrrr*... cadencé des trois lames, ballet harmonieux que seuls le geste et le souffle orchestraient, dans la lueur du métal.

Derrière les trois faucheurs côte à côte et légèrement décalés, s'étiraient les andains que l'on éparpillerait rapidement afin que le soleil dévorât leur sève jusqu'à les rendre secs. Julienne et les jeunes, équipés de râteaux, y allaient de bon cœur et dans la bonne humeur.

De temps à autre, les hommes s'arrêtaient pour affûter leur faux à la pierre. *Zingue, zangue ! Zingue, zangue !* chantait-elle, avant de regagner le coffin de bois suspendu à leur ceinture. La sueur couvrait leur front, trempait leur cou, leur maillot. Le temps pressait car le soleil grimpait. Les fenaisons mobilisaient tous les bras disponibles, cependant que dans la source voisine fraîchissaient les boissons près du casse-croûte de la pause. On n'en oubliait pas pour autant de surveiller les bêtes dans le pré voisin.

Laurent connaissait les travaux des champs, pour y avoir participé. Paul assurait déjà comme un petit homme sa tâche de fils aîné. Chune avait plutôt tendance à s'amuser de tout ce labeur et aurait préféré flâner dans les chemins avec Laurent, qui travaillait de son mieux.

– Celui-là n'est pas un paresseux ! fit remarquer Julienne à Marcellin.

– Il nous sera très utile, c'est vrai. Je l'ai senti tout de suite, il a quelque chose qui me plaît...

– Il te convient parce qu'il travaille, je te connais mon cher mari, s'il s'était couché dans l'herbe, tu aurais déjà grogné !

Marcellin riait dans sa barbe. Sa femme avait souvent raison.

L'instant du casse-croûte arriva enfin. Une pause attendue et bienfaitrice.

– Tu ne t'en laisses pas conter, hein Laurent, dit fièrement Marcellin. Avez-vous vu vous autres comment il manie le râteau ? Mais tu peux flâner un peu, tu n'es pas à mon service, tu n'es pas chez nous que pour travailler !

– Vous ne voudriez pas que je vous regarde faire ? Ça ne me plairait pas. Que penseriez-vous de moi et que diriez-vous à monsieur l'inspecteur ?

Les Favre échangèrent un regard surpris. Sans répondre. Et Chune lui adressa un petit sourire étrange. Peut-être prit-elle conscience à cet instant que son jeune camarade devait se soumettre à une autorité inconnue d'elle. Son frère et elle étaient chez eux, aux côtés de leurs parents. Pas lui. Pas Laurent. Il était seul, livré à lui-même en territoire étranger. Et l'émotion serra sa poitrine.

Elle pensa immédiatement à Albert Dastre, le prédécesseur de Laurent qui avait habité chez eux pendant quatre années, de onze à quinze ans. Il était si différent d'allure et de caractère, et avait affiché un comportement si excessif et douteux envers Chune que cela avait précipité son départ. Le père veillait. Des signes avant-coureurs avaient très vite jeté un doute sur son honnêteté, et provoqué un certain trouble dans la famille.

Laurent, lui, paraissait d'eau claire. Elle l'avait pressenti au premier regard.

Il ne fallait plus perdre un instant. Sitôt la dernière gorgée avalée, tous s'en furent rejoindre les foins verts qui embaumaient maintenant l'ensemble des terres. Les herbes couchées au sol devaient être fanées, entièrement retournées avant midi, et rangées dans les fenières avant la nuit. Gare à la rosée qui obligerait à faner une seconde fois. Sous les chapeaux de paille, les visages s'enduisaient à nouveau de sueur.

Lorsque l'horloge du village frappa ses douze coups, le groupe se mit en marche vers la ferme, longeant le bord du pré, puis le chemin ombragé.

Ils rencontrèrent les Boislambre qui rentraient eux aussi de leur fenaison presque voisine. Marcellin leur présenta Laurent, mais pressés les uns et les autres par le temps, ils échangèrent peu.

À la ferme, Augustine attendait tout son monde affamé et les bonnes odeurs qui s'échappaient de ses marmites déclenchèrent de belles ovations. À proximité du cantou, l'énorme cuisinière en fonte noire, avec ses boutons de cuivre aux portes du four, en imposait. Un luxe ! On ne l'allumait pas souvent, seulement les jours où l'on utilisait son four, et l'hiver pour avoir de l'eau chaude dans la bouilloire incorporée. Aujourd'hui elle avait doré des volailles et cuit à point une énorme pâtisserie aux cerises. Même Tatou se frottait aux jambes d'Augustine. Chacun s'assit à la grande table pour savourer quelques instants de repos et de plaisirs partagés.

Laurent perçut lui aussi cette sensation de bien-être, peut-être pour la première fois de sa vie. Il se souvint qu'on lui avait dit un jour, pour le consoler et sans grande conviction : « Peut-être tomberas-tu chez des gens bien, des personnes comme il faut, on ne sait jamais... » Puis il voulut oublier cette tristesse ancienne quand le regard de Chune croisa le sien.

Tous mangeaient en silence, sous l'œil vigilant d'Augustine. Mais Marcellin avait du mal à décrocher.

– Faudrait qu'on rentre tout ce soir, dit-il entre deux bouchées. On raccourcira la sieste, on fanera encore deux fois s'il le faut et puis on chargera en fin d'après-midi avec Julienne. Firmin et Maurice s'occuperont de la traite. Maintenant nous avons du renfort, ajouta-t-il vers Laurent.

L'été, les hommes se levaient vers quatre heures et demie. Les bêtes demandaient du temps, et pendant les fenaisons et les moissons, femmes et enfants et parfois des voisins prêtaient main-forte, à charge pour l'obligé de rendre les journées.

De plus il fallait assurer la fabrication du fromage. On ne partait pas en estive, les fourmes, pressées sur place, convenaient à la consommation familiale et se vendaient aussi fort bien. Rien de ce qui pouvait rapporter quelques sous à la famille Favre n'était négligé.

Ainsi, les productions de lait et leurs dérivés, crème, beurre et fromage se négociaient avantageusement auprès des marchands des villages. Marcellin y veillait, et la cave à fromage recelait des trésors, qu'on n'appelait pas encore Cantal, nom qui ne serait officialisé par la loi qu'en 1957.

Le couteau du maître claqua. Les hommes s'essuyèrent les lèvres d'un revers de manche et disparurent vers la grange où la paille les attendait pour un somme d'une demi-heure.

Sur le coin de la fenêtre, le quotidien régional n'avait pas été ouvert. Au-dehors, la chaleur était au plus fort de la journée. Les foins seraient engrangés le soir même.

Vers les cinq heures et demie, après les opérations de fanage, la grosse chaleur était tombée sur cette parcelle en partie exposée à l'est. Les gros cordons de foin se tortillaient comme des vers.

Marcellin arriva avec son char attelé de ses deux bœufs rouges. Paul prit le commandement de l'attelage et Julienne grimpa sur la charrette. Elle savait placer et égaliser les fourchées qu'on lui hissait et construisait le chargement de manière solide et compacte. Devant le regard étonné de Laurent, Chune sourit :

– C'est toujours ma mère qui place le foin, mon père le monte jusqu'à elle au bout de sa fourche.

– Il faut qu'elle soit forte...

– On est tous forts dans la famille, même moi !

– Au lieu de discuter, lança Marcellin, rassemblez les restes éparpillés qui traînent, sinon nous serons encore là à nuit noire !

Les râteaux s'activèrent à rassembler les brins épars. Rien ne devait se perdre. L'ombre du chargement s'agrandissait, la poussière volait, les mouches, les papillons et les taons étaient à la fête.

On fixait la grande perche au centre du monticule, dans sa longueur, on sanglait avec des cordes, puis Julienne atterrissait dans les bras de Marcellin. Tous deux riaient car c'était toujours périlleux.

La grange, débarrassée des restes de l'année précédente, accueillait le foin nouveau, sec et chaud, trop chaud parfois, et qu'il fallait étaler, aérer. Les jeunes assuraient ce travail, la gorge asséchée par la poussière.

La fin de l'épuisante journée arrivait enfin. Certains, fourbus, tiraient l'eau fraîche du puits pour se désaltérer jusqu'à s'en étouffer. Mais tous, chevilles et jambes écorchées, les cheveux en bataille – ceux de Paul ressemblaient comme d'habitude à une pelote d'épingles –, avaient la peau rougie par le grand soleil, le vent et la poussière.

– Alors, mes gaillards, belle journée, non ? S'exclama le maître des lieux. Pas besoin de berceuse ce soir ! Mais préparez-vous car demain, une autre journée nous attend. Ce sera plus facile, on coupera l'herbe à la faucheuse mécanique, ça ira plus vite. Seules les entrées seront faites à la faux.

Il n'attendait aucune réponse. Ses gaillards n'avaient plus même la force de crâner.

C'est ainsi que Laurent passa son premier mois d'été, le mois des fenaisons, aux Trois Marches. La grange fut remplie, les prés tondus à ras en attendant la repousse du regain pour fin août ou début septembre, si le temps se montrait propice.

Les habitudes s'installaient au fil des labeurs. Laurent connaissait maintenant la ferme dans tous ses recoins. Vinrent les moissons d'août. Les seigles s'étalaient en plein soleil, ondulant sous le vent comme sous la caresse des ailes d'hirondelles qui, en rase-mottes, pourchassaient les moucherons.

Seul, un grand champ semé de blé noir attendait son mûrissement plus tardif. Sa couleur foncée le distinguait des autres. On en tirerait une farine à faire d'excellentes crêpes de sarrasin, les « bouriols ». Ces deux variétés de céréales s'adaptaient aux terres difficiles d'Auvergne, ces régions de « ségalar ». Le froment n'était cultivé ici qu'en très faible quantité.

Lorsque la rosée eut quitté les prés, la faucheuse, tirée par les bœufs, mordit alors dans les hautes tiges sèches. Un système fixé à la machine permettait de réunir un volume de paille correspondant à une gerbe. Quand cette mesure était atteinte, Marcellin, trônant sur son siège de fer, abattait la poignée qui la libérait, et il recommençait. Derrière, suivaient les leveurs de javelles qui les déplaçaient de quelques mètres pour libérer le passage suivant de l'équipage. Paul, Chune et Laurent, et parfois Julienne, ne chômaient pas. Après quoi les deux domestiques attachaient les javelles qui devenaient des gerbes liées par une une poignée de paille vrillée sur elle-même. Le nœud, savamment tourné, devait se défaire d'un seul mouvement lors des battages. Rien ne se faisait au hasard.

Les chaumes pointus et tranchants ouvraient des blessures aux chevilles et les mouches en profitaient. Les bœufs soufflaient, la machine cliquetait, le seigle se couchait et les humains transpiraient. La récolte pressait toujours, l'inquiétude ne quittait jamais Marcellin, dont l'œil rivé à la tournure du ciel guettait le moindre nuage. Un simple orage suivi d'un temps pluvieux pouvait en effet anéantir une saison tout entière. Mais cette fois encore, l'éteule s'offrirait sèche à la nuit étoilée.

Les gerbes avaient été ramenées près de la grange et empilées de manière méthodique en immenses gerbiers, meules coniques avec les grains à l'intérieur, à proximité d'une cour et proche du hangar, emplacement réservé à la batteuse et à la locomobile à vapeur.

– Tu n'es pas tombé chez nous au bon moment, dit Marcellin à Laurent lors d'un instant de pause. Mais vers le 15 du mois, le gros de la besogne sera terminé.

– Je ne me plains pas, monsieur Marcellin, je ne me plains pas ! répétait le garçon avec le calme et le sourire que l'on savait désormais faire partie de lui.

Marcellin hochait la tête, devinant à travers son regard l'étendue de cette sincérité juvénile.

Chune s'agaçait de tout cela. Laurent ne lui accordait pas assez de temps.

– J'aimerais bien qu'on s'amuse un peu, on n'a même pas eu le temps d'aller à la rivière !

Le maître s'en rendait compte. Depuis la venue du

jeune homme aux Trois Marches, le travail n'avait pas cessé, le plus dur de l'année. Il réfléchissait. Julienne, jugeant le moment opportun, intervint :

– Il serait bien temps de souffler un peu maintenant. À part les bêtes à conduire aux pâtures et à surveiller, vous avez tous les trois quartier libre. Et c'est bien mérité, vous êtes de bons enfants.

Les jeunes se regardèrent.

– On pourrait quand même vous aider, insista Paul, conscient de ses responsabilités d'aîné. Moi je ne suis pas fatigué.

– Je sais, Paul, je sais, mais il faudrait aussi que tu révises dans tes livres et tes cahiers pour préparer la rentrée. Rappelle-toi ce qu'a dit le maître...

Paul baissa la tête, ce rappel inopiné ne faisait guère son affaire.

– Laurent, intervint Chune, je voudrais apprendre à attraper des truites, moi ! Tu me l'avais promis ! Ce serait peut-être le moment ? Paul nous accompagnera... enfin, s'il veut bien !

C'était sa manière de prendre des initiatives...

– J'ai pas envie ! se défendit Paul. Et puis je sais bien que tu préfères rester seule avec ton petit ami...

La colère s'empara soudain de Chune, et Paul était ravi que Laurent y assiste.

– Tu vois, Laurent, je t'avais prévenu ! C'est une peste ! dit-il avant de déguerpir à toutes jambes car déjà sa sœur avait saisi un bâton...

– Tu le fais exprès ! hurlait-elle en le poursuivant.

Laurent se lança à leurs trousses. Après une course

inutile, essoufflé, il réussit enfin à apaiser l'un et l'autre.

Malgré la somme de travail qu'imposaient les traditionnelles fenaisons, Marcellin avait veillé à cuire le pain, opération qu'il renouvelait à intervalles réguliers. Chune et Laurent ne l'avaient guère quitté, serrés tous deux dans l'étroit fournil dallé de pierres qui faisait corps avec la bâtisse du four. Pétrissage de la pâte dans la maie, à l'aide du levain de la précédente cuisson et conservé en pot de grès, mise en forme et préparation des tourtes, rien ne leur avait échappé.

Marcellin pétrissait avec dans les yeux une expression peu ordinaire. Prenant la pâte à bras-le-corps, il la soulevait, la malaxait, la frappait si fort que les muscles de ses bras saillaient. La pâte se défendait entre ses mains qui sans cesse reprenaient l'étreinte.

– C'est une lutte entre la pâte et moi, et je dois rester le maître, dit Marcellin à Laurent qui l'observait de ses grands yeux. Elle est forte et capricieuse, ce sera du bon pain !

Muet d'étonnement devant ce combat épuisant, Laurent le vit placer les masses de pâte dans les paillissous, et les recouvrir d'une épaisse toile de chanvre.

– C'est pour apaiser sa colère et sa force. En la maintenant au chaud, elle va lever et doubler de volume. Elle veut avoir le dernier mot, crois-tu ! Nous la laisserons tranquille une nuit entière. Mais au petit jour, je reviendrai la taquiner encore une fois !

Le lendemain matin, le four avalait d'énormes fagots de genêts secs et de branchages. Les flammes eurent tôt fait de lécher la voûte qui blanchissait peu à peu, et par endroits la fumée se frayait un chemin entre les pierres.

– Tu vois, petit, dit Marcellin, il faut que la voûte soit blanche pour qu'il consente à bien cuire, et ça peut prendre des heures.

– Lui aussi est capricieux ?

– On peut dire aussi consciencieux. À nous deux nous faisons du bon travail parce que nous nous connaissons bien. Je n'oublie pas les conseils de mon père : Ce que tu entreprends, fais-le consciencieusement, et tu arriveras.

Laurent acquiesçait en silence.

– L'important est que les deux soient prêts au même moment : pâte et four. Comme dans la vie lorsqu'on est deux. Tu es trop jeune pour le comprendre, mais pas pour l'entendre, j'en suis sûr.

Marcellin, contrairement à son apparence distante, prenait parfois plaisir à transmettre ses convictions, fussent-elles un peu obscures pour un enfant de douze ans.

Lorsque la bonne chaleur fut atteinte, Marcellin enfourna ses tourtes sur la sole brûlante à l'aide de la pelle de bois à long manche. Comme tout bon père de famille, il avait façonné trois petits pains à l'attention de chacun des jeunes et les glissa discrètement dans la gueule du four. Tradition silencieuse, transmise de père en fils, pour ceux qui maniaient plus aisément le geste que la parole.

Puis Marcellin se dirigea vers d'autres travaux, le temps de la cuisson, un peu plus d'une heure.

De son côté, Julienne avait préparé avec Augustine des viandes à rôtir et des pâtisseries, ainsi que les pommes boulangères qui prendraient place à côté du pain dès que l'intense chaleur se serait apaisée.

On prévint les Boislambre, qui profitèrent de l'aubaine pour cuire eux aussi divers plats. Une excellente manière de maintenir les relations entre voisins. Rien ne se perdait, pas même la chaleur du four, et les préparations des uns et des autres se ressemblaient fort dans les poêlons de terre.

Julienne et Mme Boislambre savouraient ces instants. Elles aimaient bavarder ensemble, parler de leurs proches, de l'avancement du travail saisonnier. Lalise ne quitterait pas la ferme, affirma Mme Boislambre, ce qui les arrangeait fort pour le moment.

– Nous avons le temps de voir venir, et si elle se marie un jour, ce qui ne manquera pas d'arriver en son temps, nous déciderons. Ce jour-là elle manquera, pour sûr, surtout à son père. Il ne le montre pas, mais...

– Peut-être que votre gendre travaillera avec vous, on ne peut pas prévoir.

– L'avenir le dira, mais vous, avec deux enfants, vous n'avez pas à avoir du souci. Et puis la ferme est grande, ajouta-t-elle avec une pointe d'envie.

Ainsi partageaient-elles un temps de répit, à l'ombre des noisetiers voisins du four.

– Il faut désenfourner, annonça soudain Marcellin.

Comme par enchantement, les trois jeunes s'étaient rapprochés. Lorsque le maître retira la première pelletée avec les trois petits pains, Laurent fit un pas en arrière, d'instinct.

– Vas-y Laurent, il y en a un pour toi, dit Marcellin à qui le geste n'avait pas échappé. Choisis donc.

L'enfant le regarda, puis Julienne et ses amis, avant de se décider à tendre la main.

– Attention ! Ça brûle ! cria Marcellin.

Laurent, maladroitement, réussit à saisir la petite merveille dorée, et à la faire sauter d'une main dans l'autre tout en s'époumonant à souffler dessus. Ce qui déclencha l'hilarité générale.

Moment de joie, de pur bonheur.

– Merci, monsieur Marcellin, merci beaucoup, bafouilla Laurent.

– Allez, grogna Marcellin, laissez-moi la place maintenant. Julienne, aide-moi donc !

Mme Boislambre se pencha vers sa voisine :

– Dites, il est tout timide ce petit, ça doit vous changer...

Julienne fit oui de la tête. Pour du changement...

Les tourtes brûlantes et enfarinées sortaient comme par miracle du four ancestral, et l'odeur magique se propageait à travers la campagne, appelant au festin universel.

Marcellin montrait plus que de la satisfaction dans

chacun de ses gestes, une manière de respect, de révérence émue.

Quand vint le tour des plats, il passa le relais à son épouse :

– Maintenant tu t'en occupes, je te laisse la place, faut que j'y aille.

Les deux femmes prirent la suite, on pouvait leur faire confiance.

C'est ainsi qu'aux Trois Marches, toutes les trois ou quatre semaines, un peu moins en été où il se conserve mal, la table des Favre s'enrichissait de leur nouveau pain, un pain cuit dans leur four, et provenant des blés de leurs champs.

Pour Laurent, cette journée était celle du « petit pain », et il ne l'oublierait jamais. Il avait posé le sien près de son assiette, et retardé autant qu'il avait pu le moment de planter les dents dans la mie serrée.

– Le meilleur pain de tout le pays ! avait lancé Marcellin.

Refroidies sur le banc de pierre du fournil, les tourtes avaient rejoint le râtelier de la pièce principale, alignées verticalement. Chacune à son tour recevrait le signe de croix au couteau, avant l'entame, et jamais ne serait posée sur le dos.

Dans le tiroir de la grande table, les farines des tourtes tomberaient peu à peu, laissant apparaître une croûte brune, sur une mie plutôt grise et compacte.

Le pain des hommes.

2

Laurent décida d'emmener Chune à la rivière pour lui apprendre à attraper des truites, mais à la manière des braconniers.

Les gardes ne s'aventuraient guère vers la Vigourette. Paul avait d'abord refusé de se joindre à eux, mais pris de regrets, il avait succombé à la tentation.

Et vers la fin de ce mois d'août, on put voir, le long des terres, se faufiler les trois compères.

Malgré le pas pressé des garçons, Chune suivait allégrement, habituée à parcourir tous les chemins du pays. Une excitation particulière l'envahissait à mesure qu'ils approchaient de la rivière. Paul n'avait rien à apprendre, lui, il savait déjà, même s'il pratiquait rarement.

À l'approche de l'eau, ils enlevèrent leurs chaussures. Laurent observait Chune du coin de l'œil.

– Cette fois, c'est du sérieux, dit-il. Tu n'as pas peur de rencontrer quelques bestioles, des grenouilles ou des crapauds ? Parfois on fait d'étranges rencontres.

– Ne te moque pas de moi, je sais ce qu'est une

grenouille, explique-moi plutôt comment je dois m'y prendre...

– Monsieur le professeur, c'est à vous ! Votre élève vous attend et je vous rappelle qu'elle a bon caractère, lança Paul d'un air inspiré. Je vais inspecter les environs, je vous laisse...

– Il faut toujours qu'il se moque de moi, j'en ai assez ! grinça Chune.

Et elle saisit une énorme pierre qu'elle jeta dans l'eau de toutes ses forces près des garçons.

Ils furent éclaboussés jusqu'aux cheveux, ce qui déclencha un fou rire bruyant.

Puis ils se retrouvèrent en caleçon et Chune remonta sa robe à mi-cuisses.

– Tout d'abord, dit Laurent d'un ton solennel, tu repères les grosses pierres, comme celle-ci par exemple. Tu t'en approches doucement en remontant le courant. Avance lentement tes deux mains en fermant l'espace du dessous. Tes doigts doivent repérer l'accès et faire en sorte de bien fermer le passage.

Chune écoutait de toutes ses oreilles. On sentait qu'elle mémorisait tous les stades de l'opération.

– Viens, prends ma place et fais ce que je viens de faire, dit Laurent.

– Il y a une truite ? Tu l'as sentie ?

– Commence par apprendre les gestes. Et si tu rencontres quelque chose de lisse, de légèrement gluant, alors ne bouge plus.

– Mais que faut-il faire ?

– Avance tes mains, allez, n'aie pas peur, ça ne mord pas.

Chune obéissait, mais dans la crainte du premier contact. Elle avançait ses mains, ses doigts exploraient la cavité, y prenaient du plaisir. Puis, déçue, elle fouillait jusqu'au fond sans percevoir le moindre effleurement.

– Ça ne fait rien, recommence plus loin. Fin août, il y en a moins, c'est normal. Bien des pêcheurs et des bracos sont passés ici avant nous, mais tu vas y arriver, je t'assure !

Chune s'appliquait, son pan de robe trempait déjà dans l'eau mais ses mains ne rechignaient pas à la besogne.

– Nous allons changer d'endroit, essaie cette pierre, il se pourrait bien que son sous-sol soit habité.

Impatiente de réussir, Chune ne se fit pas prier.

– Je l'ai sentie ! cria-t-elle tout à coup en retirant ses mains de l'eau.

– Mais si tu fais ça, tu ne risques pas d'en attraper...

– Elle m'a surprise, je l'ai sentie glisser contre ma main...

– Elle s'est enfilée là, dit Laurent. Vas-y doucement. Si tu peux passer la main sous son ventre, c'est gagné. Il faut que tes doigts la serrent sous les ouïes.

L'apprentissage de la manœuvre s'avérait coriace. La truite lui échappa encore. Et quand Paul lui montra de loin une belle prise, elle laissa éclater sa rage.

– Il faut que j'y parvienne ! Il le faut ! hurlait-elle.

Devant la ténacité de l'élève, Laurent souriait. Il savait bien qu'avec tant de volonté, elle réussirait. Dans sa colère, elle secouait ses cheveux mouillés qui venaient se coller à la diable sur son visage, et elle n'en avait cure.

Soudain, à demi immergée, elle s'immobilisa. Elle ne respirait plus.

– Laurent..., je crois que cette fois..., dit-elle à mi-voix.

Elle maintenait sa prise au bon endroit, sous la pierre, et la sortit de l'eau, triomphante.

– Regardez ! Laurent ! Paul ! Regardez comme elle est belle !

Son frère accourut :

– Ma parole, tu as plongé dans la rivière, tu es comme une soupe ! Mais bravo ! Félicitations !

À ces mots, comme si elle venait de recevoir de son frère le cadeau qu'elle attendait depuis toujours, elle poussa un long cri de joie.

– Je crois qu'elle n'en restera pas là, annonça Laurent. Je te déclare contaminée par le virus du braconnage !

– Je continue, il en faut au moins huit, une pour chacun, je sais maintenant comment m'y prendre !

– Sous la férule de ton maître, que ne ferais-tu pas, sœurette !

Elle bondit sur lui et le propulsa dans la rivière. Et chacun d'oublier un instant la pêche et de s'asperger à en perdre le souffle.

Lorsqu'ils décidèrent de rentrer, le soleil était bas, et les pauvres truites, de belles Farios, avaient largement dépassé la huitaine, pendues à la branche de noisetier qui traversait leurs ouïes. Chune portait son butin comme un étendard.

Dans la conversation le mot exploit revenait souvent. Chune exultait. Elle venait d'accéder à l'égalité dans la catégorie braconnage.

– Augustine n'aura plus qu'à les préparer. Nous y retournerons très bientôt, n'est-ce pas ? Il me semble que la prochaine fois je serai encore meilleure ! Merci, Laurent. (Puis s'adressant aux deux garçons :) Désormais pour la braconne, nous serons trois.

– Chut ! intervint Laurent, un doigt sur les lèvres. Soyons discrets, on ne sait jamais.

Chune lui adressa un regard chargé d'une telle affection qu'il en fut déconcerté.

Les Favre se montrèrent ravis, même si la mère observa les vêtements de sa fille d'un drôle d'air...

– Enfin, fallait s'y attendre, finit-elle par dire en soupirant.

Les jours passaient. Les garçons dormant dans la même chambre parlaient longuement avant de trouver le sommeil. Si Paul racontait volontiers la vie de sa famille, il en allait tout autrement de Laurent, l'orphelin. Celui-ci vivait et s'accrochait à l'espoir de comprendre un jour comment et pourquoi il n'avait pas de parents.

– À force de chercher, je finirai bien par trouver. C'est sûr.

Paul se taisait, touché par la détermination de son ami.

– Je t'aiderai si tu veux, lui avait-il promis. Si je n'avais pas de parents, moi, je ne pourrais pas vivre.

Il s'était aperçu trop tard de sa maladresse.

– Je voulais dire que mon père et ma mère sont fiers de leur propriété, si fiers. Ils comptent sur Chune et moi, mais surtout sur moi pour continuer la terre, le bien de la famille. Et moi, c'est vrai, je ne pense qu'à ça. Mon père se fixe comme objectif de reprendre les terres des Boislambre, leur ferme faisait autrefois partie de la nôtre, je te l'ai dit. Tu imagines les surfaces ? Nous avons déjà une des plus grosses fermes du pays, mais un jour, si ça se réalise... Tu te rends compte, Laurent ?

– Non, je ne peux pas. Je ne sais pas ce que ça veut dire. Moi je n'ai rien, tu comprends ? Rien.

– Ce n'est pas ta faute. Et si un jour tu décides de travailler avec nous, je crois que mon père ne s'y opposera pas. On t'estime tous ici, tu le sais. Alors comme mon père veut agrandir, on aura besoin de gens sérieux. Albert Dastre aurait fait l'affaire mais il ne plaisait pas à mes parents.

Laurent se noyait dans son silence et laissait rêver Paul. Il n'avait aucun projet de propriétaire. Seulement un germe d'idée en tête, mais qu'il ne voulait pas encore dévoiler. Il se sentait trop jeune. Paul parlait, parlait, oubliait Laurent qui parfois s'endormait dans une solitude immense, face à ce gouffre de mystère dont on lui avait recommandé de s'éloigner au plus vite, afin que la paix s'installât dans sa vie.

En ce même mois d'août, se préparèrent les battages aux Trois Marches, précédant ceux des Boislambre.

– Tu vas voir ce que sont les battages aux Trois Marches, petit ! Les machines arrivent la veille et ne repartent que le lendemain, affirmait Marcellin Favre. Un jour peut-être, il faudra davantage de temps.

Et il balayait l'espace d'un grand geste de la main en direction des voisins les plus proches. Dans son regard pétillait une étincelle, un feu de conquête.

– Tu vois, je te l'avais bien dit, intervint Paul. Il n'a que cette idée en tête et regrette que Chune et moi ne grandissions pas plus vite. Il attendra et il réussira, j'en suis certain, et ce jour-là nous serons les plus riches !

Laurent se contenta de regarder ses pieds, lui qui ne possédait rien, pas même une identité certaine. « Nous ne serons jamais du même monde », songeait-il.

Les machines arrivaient, tractées par des attelages de bœufs énormes. La batteuse, puis la lieuse se placèrent adroitement près de la locomobile à vapeur. Le tout à proximité des meules qui attendaient.

Demain serait le grand jour ! On scrutait le ciel. Rien ne semblait le troubler, point de menaces pour le lendemain. Il était temps de se livrer aux vérifications des détails, revue de matériel : sacs de jute, ficelle à lier, grande bâche de toile pour la récupération des pertes de grains, coup d'œil au grenier. Et puis un dernier retour vers les bêtes.

La nuit, doucement, enveloppa le pays de son voile léger, impalpable. « Il n'y a que la nuit qui puisse arrêter le vent », disaient certains. Et cette nuit-là, même la brise se fit oublier.

Dès le lever de ce grand jour, tout semblait prêt. Les bêtes avaient été parquées dans un pré proche et bien clôturé, les porcs ne débarqueraient pas de leurs territoires devant les loges. Quant aux volailles, on savait d'avance qu'elles embarrasseraient le monde en suivant les machines pour se gaver des grains perdus. Tatou, lui, s'excitait de l'un à l'autre, la langue pendante.

Les hommes appelés en renfort dans les propriétés voisines s'annonçaient, tandis qu'Augustine s'activait déjà à la préparation des repas.

La loco commença à tousser, on tendait les courroies, plus loin on préparait les sacs. Tous les hommes étaient à leur poste.

Le sifflet hurla enfin et les machines se mirent en mouvement.

Là-haut, sur la batteuse, on déliait déjà les premières gerbes qui arrivaient au bout des fourches. Une fois écartées, happées, elles disparaissaient au cœur de l'engin et du vacarme.

La machine à vapeur crachait à pleins poumons, ses

roues démesurées transmettaient la puissance, comme un animal surnaturel. Vapeur, fumée, mouvements, tout semblait vivant dans ce monstre de fonte et d'acier dévorant bois de chauffage et eau. Parfois elle se mettait à trembler, et l'on aurait juré qu'elle voulant décoller, mais elle se calmait, et on la gavait à nouveau.

Chune adorait ce spectacle.

Au travers de ses rouages, ses trappes et ses lattes, la batteuse vibrait, livrait sa paille à la lieuse qui ficelait ses gerbes. Sur le côté, les sacs fixés aux bouches s'emplissaient du grain noble, le seigle. Marcellin ne pouvait s'empêcher de plonger ses mains dans cette manne vivante pour sentir enfin la récolte couler contre sa peau, sa chair. Puis il allait de l'un à l'autre. Il chargeait sur ses épaules le sac de cinquante kilos et le transportait sur le plancher du grenier. Firmin faisait de même pour le suivant. Une chaîne à dos d'hommes, sous la grande brûlure du soleil.

Paul, Chune et Laurent servaient à boire à l'ensemble des ouvriers. Dans le ciel montait la poussière, la grande poussière des battages.

Aux cuisines, pas de temps à perdre. Au verger, près du four inutile, on dressait la table, la grande table sur tréteaux.

Dans cette activité fébrile, Laurent s'intégrait sans difficultés. Il était de la famille. Chune le bousculait parfois lorsqu'il s'oubliait à rêver devant le spectacle du jour, au-delà du bruit, de la poussière et de l'agitation des hommes. Où sa pensée s'échappait-elle ?

Vers quelle folle espérance ? Elle aurait tellement aimé le savoir...

Elle y songeait encore lorsqu'un sifflement strident arrêta machines et gens. L'heure du déjeuner allait permettre de souffler, de s'accorder plaisir et repos. Au gré des affinités, on prit place autour de la table où le soleil créait des images à travers les feuillages des fruitiers.

Le tonneau de vin frais trônait à proximité, comme l'exigeaient la tradition et le savoir-vivre attachés aux grands moments. Les trois jeunes assuraient le service avec Julienne et Mme Boislambre, accompagnée de Lalise.

Quant au menu, l'usage voulait qu'il y eût pâtés, jambon, saucisses sèches et saucissons, volailles, jardinière de légumes, salade et fromages, sans oublier la pâtisserie d'Augustine, toujours savoureuse.

Si le repas avait débuté dans le calme, il s'acheva dans un brouhaha de conversations et de bonne humeur.

La reprise du travail n'en fut pas facilitée. Les hommes regagnèrent leur poste en traînant les pieds. Mais très vite, le rythme les happa de nouveau.

Le grenier s'emplissait, les hommes s'épongeaient le visage et le cou envahis de brindilles mordantes et piquantes.

Parmi eux, le dénommé Destoure avait sans doute plus soif que les autres car il levait le coude bravement, acharné à chanter un refrain bachique dont les paroles s'enlisaient dans une sorte de borborygme braillard, qui bien sûr l'obligeait à recommencer. Et sans perdre courage, Destoure recommençait. Bien plus déterminé à réussir son tour de chant qu'à bâtir la nouvelle meule. Il réussissait surtout à semer le fou rire autour de lui, les ouvriers hilares le bissaient, jusqu'à ce que Marcellin, qui avait souri et patienté un long moment, s'agace du temps perdu et le conduise tout droit vers la grange. Il le fit entrer et lui intima l'ordre de se coucher dans le foin. Le chanteur frustré se fit un peu prier, puis s'abattit de tout son long sur la couche odorante.

– Faudra pas l'oublier ce soir, annonça Marcellin à la cantonade. Il termine toujours comme ça. Je ne le dirai pas à son patron, comme d'habitude.

Ainsi, Marcellin tolérait quelques incartades, et même les jours de grande besogne. Cela plut à Laurent qui avait observé la scène.

Les grandes meules fondaient en volume et les nouvelles prenaient de la hauteur. Le grenier n'en pouvait plus de recevoir le seigle tiède. Le maître encourageait l'un et l'autre, mais la fatigue pesait aux reins des hommes ceinturés de flanelle grise.

– Ne perdons pas de temps, disait-il, faut finir ce soir. Augustine vous prépare un excellent dîner, faudra lui faire honneur.

Chacun redoublait d'efforts. Le lendemain et les jours suivants, un labeur identique attendait les hommes. Firmin, lui, rendrait les journées pour les Favre durant une bonne quinzaine. Un usage aussi ancien que les battages.

Maurice, trop indépendant, n'inspirait pas la même

confiance, et Marcellin qui le connaissait ne l'envoyait pas chez les voisins. Son regard, disait-on, était difficile à soutenir et provoquait la gêne. Il prétendait qu'un jour, il entreprendrait une œuvre qui ferait sa gloire. Mais quelle œuvre ?

Les jeunes, Paul, Chune, Laurent et Lalise Boislambre avaient le droit de se reposer et de bavarder. Lalise, bien que timide, avec autour du cou un éternel foulard, prêtait la main. Elle n'avait pas la chance d'être belle et, de plus, sa timidité augmentait sa maladresse. On racontait que son père la gardait près de lui pour attirer un gendre. Manœuvre naïve et pourtant couramment pratiquée dans les familles.

Abattus par la fatigue, hommes et machines s'arrêtèrent enfin. Il était grand temps, disaient certains. Faut croire qu'il y en avait plus que l'an passé.

– Une petite meule de plus, affirmait Marcellin. Pour la peine, vous emporterez une chopine chacun et s'il reste du dîner, vous vous le partagerez, vous l'avez mérité.

Il connaissait la portée de ces mots et les utilisait à bon escient.

Firmin et Maurice, malgré le poids de l'ouvrage, n'oublièrent pas les bêtes aux pâturages.

La table s'entourait une fois de plus de gens harassés, d'ouvriers fourbus aux yeux rougis par la poussière, la chaleur et la fatigue. Le vin abondamment servi relança peu à peu les discussions. Une soupe fameuse suivie d'un chabrol, comme il se doit, et la gaieté reprit le dessus. Rompus, mais heureux d'être là et satisfaits.

Quelques-uns entamèrent les refrains habituels, suivis par des compères peu scrupuleux du langage et du geste, ceux qui laissaient traîner les mains près des jupes. La vie leur semblait belle, et ils riaient à travers leur barbe poussée au soleil, et le vin et la fatigue.

Le chanteur que Marcellin avait conduit à la grange était réapparu, vite remplacé par deux autres. Mais ces deux-là n'ouvriraient l'œil que le lendemain. On les connaissait et dormir chez Marcellin représentait pour eux la meilleure des sécurités.

Un crépuscule mauve et or s'avançait, accompagné d'une fraîcheur inhabituelle. La nébulosité serait belle. Comme la journée qui s'achevait. Déjà, la fête tirait à sa fin.

Bientôt, le silence et la nuit prendraient possession des Trois Marches. Pour faire place au rêve.

Le surlendemain des battages, alors que Marcellin traversait la cour, il croisa Laurent :

– Ce n'est pas trop dur, petit ? Maintenant les gros travaux sont bien avancés, tu pourras aller à l'école.

– J'aime bien travailler, et puis vous avez une belle ferme, vous produisez de tout. Les Lavaurs, les gens où j'étais avant de venir chez vous, m'avaient prévenu :

« Tu verras, m'avaient-ils dit, tu verras comme ils travaillent ces gens. » Et c'est bien vrai.

– Oh ! on ne produit pas tout, reprit Marcellin, flatté malgré tout. Nous pourrions faire davantage mais pour le moment ça nous suffit, enfin presque. Tu vois, chez les Boislambre, ils produisent leur vin. Ce n'est pas un grand cru, oh ! ça non, tout au plus une bonne piquette, mais ils la produisent eux-mêmes, il nous arrive de leur prêter la main pour les vendanges quand le temps presse. J'aimerais bien avoir aussi mon carré de vigne, ça me manque, comme les moutons, nous n'avons pas de moutons et nous devons négocier la laine, ça aussi, ça pourrait changer un jour !

Comme à son habitude, Favre portait les yeux vers les terres de ses voisins. Il n'était pas difficile d'imaginer à quoi il pensait. Puis :

– On va commencer les labours, préparer les terres, emblaver pour la moisson prochaine. Il faut aussi arracher les pommes de terre, moissonner le blé noir, ramasser les pommes à cidre et mettre les autres dans la cave pour conservation. Les châtaignes ne vont pas tarder à tomber, les derniers champignons iront en conserve, tu vois, il y a bien à faire encore, dit-il en soulevant son chapeau pour mieux regarder le ciel. J'allais oublier le champ de topinambours.

Laurent se taisait.

– Il te tarde de reprendre l'école ? Que veux-tu faire quand tu seras plus grand, quand tu seras devenu un homme ?

– Je n'ai pas encore décidé, mais j'ai une petite idée.

– Bah, tu as bien le temps d'y penser. Mais ça passe vite, je m'en rends compte en voyant les enfants grandir... Et parfois je suis pressé de les voir encore plus grands, pour la propriété bien sûr. Bientôt Paul travaillera avec moi, après son certificat d'études. On pourra alors s'accroître, monter des projets, faut toujours avoir des projets.

Laurent le regarda alors avec une certaine crainte :

– Paul a peur de ne pas l'avoir son certificat d'études, il me l'a dit.

– Ce n'est pas indispensable pour travailler ici. Du moment qu'on sait compter, on s'en tire toujours. Je n'ai guère fréquenté l'école, moi, tout au plus quelques mois par an, et vois-tu, ça ne m'empêche pas d'être le patron d'une grande ferme. Mais ce serait mieux, bien sûr, d'avoir son certificat d'études. Ce serait le premier diplôme de la famille et on le suspendrait au mur, avec un cadre autour.

Puis Marcellin s'éloigna, de sa démarche lente d'homme de la terre, les jambes légèrement écartées et solidement campées. Sa carrure imposante rejoignait le bord de son chapeau glissé sur l'arrière.

Laurent avait compris. Paul n'avait pas à se faire de souci pour son certificat. Quant à lui, Laurent, il devrait l'obtenir l'année suivante, il n'avait aucun droit à l'échec. Et ferait tout pour l'obtenir.

Tandis qu'il rêvait, le regard accroché aux dessins des nuages, Paul et Chune l'appelèrent.

– Robin des Bois est revenu, viens vite le rencontrer !

Quel personnage se cachait donc sous ce surnom, Robin des Bois ?

– De qui parlez-vous ? Questionna-t-il en ouvrant de grands yeux.

– Viens le voir, c'est un fou pas comme les autres, un fou gentil, dit Chune.

L'homme se tenait assis près de la table et discutait avec Julienne Favre. Sa tenue surprenait.

– Voici notre petit nouveau, dit Julienne, notre Laurent Sylvestre. Il est ici depuis juillet. (Puis, s'adressant à Laurent :) Connais-tu Vincent Labrègue ?

Il répondit non de la tête, intimidé par le personnage.

– On m'appelle Robin des Bois à cause de mon accoutrement et surtout de mon chapeau, reprit gaillardement l'inconnu. J'ai eu un accident qui m'a paralysé pendant près de deux mois, c'est pourquoi tu ne m'as jamais vu. Enchanté de te connaître, Laurent. Tu es tombé dans une bonne maison. Il y a du travail dans cette ferme mais la patronne est gentille, le maître est dur mais juste. Sois honnête et tout ira pour le mieux.

Laurent, silencieux, acquiesçait de la tête, fasciné par l'allure du bonhomme. Sa barbe sombre pouvait effrayer, mais son chapeau, orné de plumes de faisan qui accompagnaient tous ses mouvements, prêtait à sourire. Labrègue s'en aperçut :

– Je ne quitte jamais mon chapeau, car si je découvre la marmite, la vapeur s'en échappe et les forces aussi.

Éclats de rire des jeunes qui ne purent se contenir.

À l'étroit dans une veste de chasse à grandes poches,

aux boutons de métal, peut-être de bronze, il portait un pantalon resserré sur les jambes par des liens croisés, terminant dans de lourds brodequins. De plus, le personnage avait une voix spéciale qu'on aurait dit de femme. Julienne intervint :

– Vincent Labrègue se rend dans les villages, les hameaux, chez des amis, et leur vend toutes les choses dont il fait commerce : des légumes aux fruits, des truites presque en toute saison, des champignons, des châtaignes, du gibier, etc.

– Je braconne légèrement, avoua Labrègue, mais c'est mon fonds de commerce. Commandez-moi des écrevisses et je vous les livre sous quelques jours.

Laurent semblait subjugué.

– Un jour, si tu le souhaites, tu pourras venir chez moi, dit-il en regardant le garçon. J'habite avec une femme qui saura te surprendre par ses pâtisseries...

Paul et Chune, voyant l'embarras de leur ami, le rassurèrent d'un coup d'œil.

– Viens voir son carrosse, lança Paul.

Un étrange engin, un tricycle aménagé et équipé d'une remorque bâchée attendait sur le côté de la maison.

– Voilà l'équipement de Robin des Bois, dit Chune. Il parcourt la contrée pour vendre ses marchandises et connaît tout le monde, il vit de son petit négoce avec une femme, ses parents sont morts lorsqu'il était tout petit. Certains le traitent de pauvre bougre mais nous, on l'aime bien. Il échange ses légumes contre du pain et dit que le nôtre est le meilleur du pays.

C'est peut-être vrai. Parfois il reste pour déjeuner et il nous raconte des histoires qui font rire, ou qui font peur. Un jour, il est venu avec cette femme, une bohémienne qui vendait du fil et des aiguilles et disait la bonne aventure. Elle nous effrayait un peu mais Robin nous rassurait. Elle aussi venait d'un pays mystérieux.

– Alors ce n'est pas une vraie bohémienne avec une roulotte ?

– Je ne sais pas, mais peut-être qu'un jour elle reviendra.

Pendant ce temps, Vincent Labrègue avait vendu quelques produits à Julienne, car il partait avec une demi-tourte de pain. Il enfourcha son drôle d'engin et, tout en chantant, les plumes au vent, s'en alla chez les Boislambre.

– Une brave personne, annonça alors Julienne sur le pas de sa porte.

Sans doute valait-il mieux le connaître, car le rencontrer au coin d'un bois au crépuscule, avec cette barbe qu'il entretenait de drôle de façon, pouvait donner quelques frissons...

Cet homme connaissait bien des secrets de famille dans le pays. Il était préférable de garder sa langue, disaient ceux qui, au bout de quelques verres, n'arrêtaient plus de parler.

Laurent n'oublierait pas le discret signe amical qu'il lui avait fait lors de son départ.

3

En automne, les arbres changeaient de garde-robe, préférant les couleurs chaudes et les formes dépenaillées. Impossible d'y échapper. Parfois le pays tout entier tardait à émerger des brouillards lourds et pesants. Puis la cime des arbres, les hautes cheminées, les hauts lieux semblaient sortir d'un océan laiteux et se hissaient vers le ciel tandis que les vapeurs ouatées se traînaient et disparaissaient enfin. Dans ces circonstances, les trajets de la ferme à l'école s'effectuaient par des raccourcis imprimés dans la mémoire des écoliers. Mais leur entrain et leur bonne humeur résistaient à tout, les précédant même dans les couloirs étroits des genêts et des fougères humides.

Paul terminerait son année scolaire par le certificat, et quoi qu'il advienne n'y retournerait pas la saison suivante. Quant à Chune et Laurent, ils effectuaient leur avant-dernière année. Laurent avait trouvé sa place malgré un accueil peu enthousiaste de la part des autres élèves. La compagnie des deux Favre avait tout de même joué en sa faveur. Tous trois, contrairement aux prévisions de Chune, se trouvaient dans la même classe, celle de M. Vasterne. Sa femme s'occupait des plus petits. Le maître ayant trouvé judicieux de ne pas placer côte à côte Laurent et Chune, deux tables les séparaient. Laurent, dans la colonne des grands, les observait de temps à autre. Il voyait qu'ils se jouaient de lui, et cette connivence le gênait, d'autant plus qu'ils s'appliquaient, obtenaient d'excellentes notes et appréciations généreuses. Quel défi les stimulait donc ?

Quant à Paul, l'aîné incontesté du groupe, il commençait à fréquenter la communauté des filles, des grandes, celles qui font semblant d'être agacées par les garçons et qui boudent lorsqu'ils les oublient. La jolie Solange, la fille du boucher-charcutier, l'attirait plus que les autres. Laurent et Chune trouvaient là une bonne occasion de l'asticoter pendant les trajets. Paul se rebiffait.

– Je ne vous demande pas ce que vous faites tous les deux, alors laissez-moi tranquille !

– N'empêche que tu as bon goût, dit Laurent, c'est la plus belle de toutes, ils en crèvent tous de jalousie. Certains disent même que vous vous marierez un jour... En tout cas, elle est riche, ça on peut le dire...

– Si je me marie un jour, je prendrai forcément une femme qui a beaucoup de sous, ça, c'est important.

– Même si elle est laide ? osa Chune.

– Il faudra qu'elle soit belle et riche, mais riche surtout.

– Moi, quand je choisirai, il faudra qu'il me plaise, riche ou pas ! affirma Chune.

Paul voulut qu'on s'arrêtât de parler de ces bêtises. Puis :

– Un copain m'a demandé si vous étiez amoureux vous deux. Alors ?

Ils n'entendirent pas la question, ou peut-être firent-ils semblant. Il n'y eut pas de réponse et tous trois continuèrent leur chemin avec des éclats de rire et des bousculades.

À la manière de Marcellin, on aurait pu dire que *octembre* vivait ses derniers jours. En effet, il ne parlait jamais d'octobre mais d'octembre. Pour lui, les quatre derniers mois de l'année devaient avoir une terminaison identique en *embre*. Or, personne n'avait eu le courage de l'affronter sur ce sujet, à part Julienne qui, devant l'entêtement de son mari, y avait renoncé depuis longtemps. « Mon père disait *octembre*, je parlerai comme lui », disait obstinément Marcellin Favre.

Les travaux de la ferme, bien que ralentis, ne s'arrêtaient pas pour autant malgré la brièveté des journées. Les bêtes demeuraient exigeantes. Les pâtures râpées, sans goût et sans soleil, ne ressemblaient en rien aux prairies printanières où l'abondance avait régné. Aussi, fallait-il se contenter des traites bien maigres. La fabrication des fourmes ralentissait de manière vertigineuse. On vivait sur les réserves.

Labrègue espaçait ses visites. Maurice avait rejoint sa famille, tandis que Firmin demeurait à la ferme toute l'année. Il redessinait les rases déformées par la pousse des herbes à la bêche tranchante, révisait les clôtures, taillait les haies. Marcellin s'occupait du matériel, des marchés à bestiaux où, très autoritaire, il négociait la vente de ses animaux et discutait beaucoup les tendances des marchés, la politique aussi.

Novembre livrait ses températures à la baisse et décembre préparait ses froidures. Neiges et verglas arriveraient sans tarder, bloquant les troupeaux dans les étables. On cassait les noix pendant les longues soirées au coin du feu, nécessaires opérations avant le départ pour le moulin à huile. Heures propices aux discussions, aux commentaires des nouvelles apportées par les journaux, ou recueillies dans le pays, qui vivait au ralenti.

Près des lampes à huile, les femmes tricotaient et transmettaient ce savoir à leur fille. Chune, bien que très jeune, maniait déjà les aiguilles et pouvait confectionner des chaussettes, aux talons si difficiles. La laine utilisée venait des moutons qu'on disait du pays, elle était solide, parfois rêche et souvent imprégnée de suint. Mais l'essentiel n'était-il pas qu'elle fût résistante aux pieds des hommes et chaude à leur corps transformée en pulls ? Les Boislambre fournissaient la laine de leur troupeau, en échange d'aide pendant les gros travaux ou pour des circonstances particulières.

Pour les ouvrages de couture, plus précis, les femmes

attendraient les beaux jours printaniers et la lumière du soleil. Poser des pièces aux draps, faire des reprises, agrandir les ourlets ou donner de la taille aux braies exigeaient de bons yeux.

Pour la Toussaint, le hameau tout entier se rendit à la messe, comme le veut la coutume. L'abbé Treuil, curé du village, rappela ses ouailles à plus de présence aux offices, surtout les hommes.

Laurent, songeur, accompagna les Favre jusqu'au cimetière. Où se trouvaient donc ses ancêtres à lui, ceux qui de génération en génération avaient permis sa naissance ? Dans quelle terre, proche ou lointaine, reposaient les membres de sa famille ?

Chune s'approcha doucement, sans oser lui parler. Elle savait qu'il était là seulement par amitié, par correction, par devoir peut-être envers les Favre, sa famille du moment. Face aux tombes des deux branches familiales, les Favre se recueillaient. Marcellin l'observait, et sans un mot, le maître, le patron vint poser la main sur son épaule.

Ce geste de protection bouleversa Laurent. Il aurait tant voulu manifester son émotion par un mot, un regard, un sourire reconnaissant, et pourtant il demeura là, figé, incapable de se mouvoir. Devant lui, devant ses yeux mouillés de larmes, des tombes, des croix, des visages, des morts qui n'avaient jamais porté le nom de Sylvestre. Où étaient-ils donc, les siens ?

Alors il évoqua des visages possibles, il inventa des

sourires, des traits qu'il identifierait un jour, parce qu'il y croyait, il le voulait. Et puis la seconde suivante, il refusa d'imaginer, parce que l'imagination est le comble de l'incertitude, et qu'à travers elle, on se trompe toujours.

Quelques jours passèrent, puis un soir, Marcellin Favre éprouva le besoin de parler de ses parents et de ses ancêtres, qui reposaient dans le petit cimetière exposé à tous les vents.

Le dîner avait pris fin et l'on tardait autour du cantou. Paul et Chune décidèrent de monter dans leur chambre, pour réviser.

Marcellin rejoignit la bergère de bois non loin du feu et pria Laurent, sur un geste de la main, de venir s'asseoir en face de lui. Tout d'abord, Julienne n'y prêta pas attention. Elle rangeait toujours quelque chose, un coup de chiffon par-ci, un coup de balai par là. Marcellin, tout en remuant les tisons, s'adressa au jeune garçon.

– Je sais bien que tu n'as pas de famille, aussi je souhaite que tu ne sois pas trop mal ici, chez nous. Je crois que tu es un garçon comme il faut, comme je les aime, Julienne partage le même avis.

Laurent gardait le silence, le cœur battant, craignant l'annonce d'une mauvaise nouvelle.

– Dans ce cantou, continua Marcellin, il n'y a pas très longtemps, je n'aurais pas pris cette place. Mon pauvre père l'occupait et à la tienne s'asseyait ma mère, une brave femme, je t'assure. Ils sont morts assez jeunes, nous les aurions bien gardés encore longtemps mais, vois-tu, la destinée de chacun est gravée. Il y a six ans, alors que mon père charriait un chargement de pierres, le tombereau s'est renversé sur lui, on se demande encore comment. Trop chargé, sans doute. Le malheureux y a laissé la vie. C'était pourtant un homme fort, sais-tu, juste un peu plus grand que moi. Et besogneux comme personne, de la pointe du jour au coucher du soleil on le voyait dehors par tous les temps, dans les champs et les pâtures, ferrailler à l'ouvrage, sans s'arrêter jamais. La ferme lui venait aussi de ses parents. Il l'avait bien travaillée, agrandie même, mais ses modestes moyens l'avaient empêché de poursuivre, de réaliser son rêve. Chaque clan familial veut augmenter son patrimoine, et celui-ci, les Favre y tiennent particulièrement. Juste avant son dernier souffle, je lui ai renouvelé ma promesse, la promesse des Favre...

Il appuyait ses paroles de hochements de tête émus.

– La pauvre mère est partie d'une mauvaise grippe, c'est stupide mais c'est ainsi. C'était une autre Julienne pour son homme. Oh oui ! ils allaient bien ensemble. J'ai eu un frère. Mort tout petit, je ne l'ai pas connu. Alors tu vois, je suis un peu comme toi, maintenant. Enfin, je veux dire : depuis leur disparition je suis orphelin.

Laurent leva lentement les yeux vers lui :

– Vous, monsieur Marcellin, vous les avez connus, ce n'est pas pareil. Vous portez leur nom et vous possédez ce qu'ils vous ont laissé. Tandis que moi, jamais je ne verrai leurs visages, jamais je ne verrai les yeux de ma mère, vous ne pouvez pas savoir ce que c'est. J'ai beau y penser très fort, imaginer de toutes mes forces, essayer de sortir quelque chose de ma mémoire, il n'y a rien, rien. Je crois que je viens d'ailleurs, il n'y a pas de Sylvestre dans le pays... Et puis, je ne sais pas s'ils sont morts, ou s'ils m'ont abandonné, s'ils n'ont plus voulu de moi...

Marcellin se sentit mal tout à coup. De quel droit avait-il parlé ainsi à ce tout jeune garçon ?

Julienne s'était rapprochée.

– Nous ferons ce que nous pourrons pour toi, Laurent Sylvestre. (Puis en fixant son mari :) Tu n'aurais pas dû raconter ça au petit, Marcellin.

Laurent voulut protester :

– Non, ça ne fait rien, c'est vrai que je ne suis pas le seul dans cette situation, il y en a beaucoup des enfants de l'Assistance. Et on doit s'accommoder de la vie comme les autres, on est pareils aux autres, seulement on n'a aucun souvenir, rien, et même personne pour nous défendre.

– Nous sommes là, reprit Julienne avec un sérieux qui n'admettait pas le doute. Nous sommes là !

Elle avait eu d'autres jeunes enfants dans la situation de Laurent, elle connaissait leur peur, leur manière de se chercher et de se comporter dans ces familles d'accueil dont elle faisait partie.

Marcellin Favre se leva et s'en alla rejoindre sa chambre, sans un mot.

Laurent et Mme Favre demeurèrent seuls. Elle prit ses mains dans les siennes.

– Marcellin est un brave homme, mon petit, il ne te fera jamais de mal. Aujourd'hui il t'a parlé des siens, ça m'a surprise. Il voulait sans doute te faire comprendre quelque chose que je n'ai pas saisi moi-même. Mais l'intention était bonne, sois-en sûr. Il n'a qu'une idée en tête, mon époux. Et à mesure que le temps passe, elle ne le quitte plus. Il pense que s'il parvient à reconstituer le domaine des Trois Marches, il aura accompli sa mission. Mais les Boislambre ne partagent pas ses vues, tu t'en doutes, ils sont aussi têtus que lui et on ne peut pas leur en vouloir. Déjà, par le passé, ils ont eu de grandes discussions, jusqu'à en venir aux mains. Oui, ils se sont battus pour un bornage douteux, comme des chiffonniers.

– Pour de vrai ? Ils se sont cassé la figure ?

– Oui, mais à part une mâchoire en biais et une arcade en sang, ils ne se sont pas entre-tués, Dieu merci. Maintenant ils ont fait la paix, du moins en apparence. La propriété des Boislambre vient des parents de Marie. Voilà toute l'histoire, oh ! elle n'a rien d'extraordinaire.

– Et maintenant vous êtes amis ? Vous vous entraidez, la hache de guerre est enterrée ?

Surprise du terme, elle hocha la tête, une manière de laisser planer un doute, un dernier petit doute.

– C'est sûrement Lalise qui héritera, osa Laurent. C'est tout à fait normal, une fille unique...

– Tu n'es pas si ignorant que ça pour ton âge. Mais

il ne faut pas te mêler de ces histoires, chacun doit balayer devant sa porte.

– Oui, madame Julienne, mais votre ferme plus la leur, vous seriez les rois du pays, dit-il en souriant.

– Va donc te coucher petit curieux, Paul doit déjà dormir à cette heure.

– Bonsoir, madame Julienne.

– Bonsoir, petit.

Laurent caressa une dernière fois le chien, quitta le cantou et disparut dans l'obscurité de l'étage, précédé d'une petite lanterne à pétrole.

Avant de s'endormir, il cogita longtemps cette pensée : « Ça doit être formidable de posséder tant de terres, oui, extraordinaire, au moins on ne doit pas se poser de questions pour l'avenir. » Puis, envahi d'un désarroi trop familier, il rejoignit ses rêves secrets.

Noël approchait. Le premier Noël de Laurent aux Trois Marches. Point de neige en cette fin d'année, mais un froid sec, un bon froid, disait-on, qui chasserait les microbes et occirait les bestioles indésirables.

– Ce sera plus commode pour se rendre à l'église, affirma Julienne. Lorsque la neige nous ralentit, le chemin semble long.

De fait, le soir de Noël, Les Boislambre et les Favre cheminèrent ensemble. Une vieille habitude. Deux lanternes pour chaque famille dansaient dans l'obscurité, même si, ce soir-là, le ciel demeura clair. On devinait un contentement au cœur du groupe, une vivacité dans les conversations. Ça n'arrivait qu'une fois l'an, ce cheminement particulier, et parfois ils osaient des refrains d'autrefois qui se perdaient dans les ombres mouvantes de la nuit. Les adultes devant, les jeunes derrière, qui pouffaient de leurs plaisanteries... Quelques mots glissés au creux de l'oreille suffisaient à déclencher les fous rires. Lalise partageait ses moments avec une joie qui la transformait. Elle rencontrait trop rarement ses voisins et se permit de le leur avouer.

– Nous habitons côte à côte et on ne se voit pas, ou si rarement. On pourrait se parler davantage, qu'en penses-tu, Paul ?

– C'est bien vrai, mais il y a toujours des choses à faire, le travail, l'école, je ne sais quoi encore.

Elle marchait près de lui, épaule contre épaule, quêtant un peu plus que de l'amitié.

Laurent et Chune, qui avaient remarqué le petit manège, riaient sous cape.

– Si c'était Solange, il ne lui aurait pas répondu de cette manière, murmura Laurent.

Chune acquiesça, puis, collant ses lèvres contre l'oreille du garçon :

– Elle n'est pas jolie, tous les garçons l'ont remarqué. Elle est même moche, personne n'en voudra... Avec ses cicatrices qui lui montent presque au visage, ça repoussera les garçons, c'est bien triste pour elle.

– Ou alors un garçon comme elle, peut-être, pour la ferme, un boiteux ! chuchota Laurent à son tour.

– Là, tu exagères, dit-elle en glissant son bras sous le sien.

Devant eux, les adultes du groupe échangeaient des propos d'une tout autre nature. Les prix des produits nécessaires étaient exorbitants, l'époque n'apportait plus de revenus conséquents, les terres s'appauvrissaient, exigeaient des fumures supplémentaires, au point que l'on envisageait l'apport d'engrais coûteux... Une révolution qui divisait les paysans en deux camps. Les enthousiastes et les autres, prudents, qui s'interrogeaient sur l'effet de ces produits.

En voyant les deux hommes en grande conversation, Laurent ne put s'empêcher de se remémorer la confidence de Julienne : une bagarre pour un problème de clôture... Il eut un petit sourire discret.

Le groupe atteignit l'église où, déjà, des fidèles avaient pris place. Des camarades de classe échangeaient des saluts, parfois des bourrades, puis on s'assit bientôt en silence. Rares étaient les manquants à la messe de Noël. Le curé Treuil semblait satisfait.

Près du chœur, la crèche attirait les regards. Les petits montraient du doigt... Laurent, durant un instant de paix, se sentit égal aux autres.

La messe chantée fut émouvante, et au-delà de la tradition, elle réussit à ouvrir les cœurs.

Au retour, après les traditionnels « joyeux Noël ! », chaque famille rejoignit d'un bon pas sa maison, son chaud refuge. Un repas d'exception l'attendait. Tatou ne serait pas oublié.

Aux Trois Marches, les enfants ne mettaient plus les sabots dans la cheminée. Leur cadeau, ils le découvraient en soulevant leur assiette, lorsqu'ils passaient à table. Laurent n'osait faire le geste.

– Allez, Laurent, regarde toi aussi..., l'encouragea Marcellin.

Il obéit, et découvrit alors un billet de la Banque de France, le même qu'avaient reçu Chune et Paul. Il reposa son assiette dessus, sans y toucher, et des larmes coulèrent de ses paupières serrées. Ses amis le chahutèrent un peu, maladroitement, troublés par ce qu'ils pressentaient et qui leur était tellement étranger.

Les Favre se turent. Les yeux trop brillants à la lueur des lampes et des bougies.

Mais le petit monde se reprit très vite, et l'on soupa dans la joie.

Dehors, le froid serrait de toutes parts.

Des cheminées des Trois Marches, pâle sur le ciel noir, montait en volutes une présence de paix. Celle de l'homme en état de quiétude.

La neige arriva enfin à la mi-janvier, métamorphosant en carte postale les villages recroquevillés et sombres sous l'hiver. Le ravissement des premiers jours se muait vite en difficultés dans les sentiers conduisant à l'école. Seuls les sabots de frêne bien garnis de paille garantissaient les pieds du froid. On vivait alors dans l'économie la plus totale. Les bêtes recevaient le foin par les trappes accédant à la grange du dessus et ne sortaient des étables que pour s'abreuver à l'auge de pierre que l'on protégeait du gel. Elles émergeaient de l'étable péniblement – encore fallait-il les encourager – honteuses sans doute de montrer leur arrière-train couvert de gringuenaudes.

Les porcs avaient été vendus, ou attendaient au saloir en couches de lard, ou pendaient au plafond en jambons, saucisses et saucissons. Seule la fabrication du pain apportait sa couleur de vie au hameau et rapprochait les voisins transis.

Sous les hangars, les hommes préparaient le bois ramené des forêts avant la neige, fendaient les bûches, les coupaient à la bonne longueur et les rangeaient comme des pare-vent le long des murs. Les chats y feraient leurs petits et les oiseaux bien souvent leurs nids.

Au cours des veillées, le cidre nouveau coulait allégrement... Favre et Boislambre avaient l'habitude de se réunir, de préférence en février, chez l'un, puis chez l'autre. Ils invitaient chaque fois le curé Treuil qui ne refusait jamais et apportait une bouteille de vin vieux que tous trouvaient fameux.

Laurent, un instant surpris, le fut bien davantage lorsqu'il l'entendit converser avec les Favre ou les Boislambre de sujets bien éloignés de son sacerdoce. De plus, le garçon se faisait une tout autre idée du vocabulaire d'un curé.

Complices, Chune, Paul et Lalise communiquaient par signes ou clins d'œil, dans un langage bien codé. Et la chose les amusait follement.

La soirée se poursuivait par une partie de cartes, belotte ou manille, et le curé, affublé d'un tempérament de mauvais joueur, se faisait sans cesse remarquer en élevant la voix. Et chaque partie se terminait par ses plates excuses : « Je suis incorrigible », avouait-il. Mais sa manière toute personnelle d'animer la soirée tenait désormais du jeu de rôles : on faisait mine de le croire, et il faisait mine d'ignorer les sourires entendus.

Seule obligation pour ses ouailles, lors de ses venues, après le vin chaud on devait le raccompagner à sa cure, près de l'église. Les jeunes en profitaient pour sortir et blaguer sur le chemin du retour, fût-il enneigé. Bras dessus, bras dessous on singeait le brave curé qui n'en saurait rien.

Allez savoir pourquoi Lalise se collait à Paul sans qu'il la repoussât ? À la question, le garçon répondait que dans la nuit tous les chats sont gris...

La froidure livrait ses batailles victorieuses. Dans les ornières des chemins aux abords relevés, les quelques flaques d'eau désormais prisonnières, serties dans un voile de glace, ressemblaient à des vitraux blanchâtres, aux dessins figurant des fleurs, des feuilles, des collines ou des visages. Les enfants s'amusaient à détruire le chef-d'œuvre, brisant à coups de pied les vitres magiques.

Les givres installaient leur apparat virginal, hérissé, dentelé, fragile. Chaque brindille se vêtait de blanc et les oiseaux ne savaient plus où poser les pattes. Leurs plumages, telles des taches d'encre sur un buvard, les signalaient çà et là, comme des intrus. À peine si les baies rouges des houx se distinguaient sous la robe liliale qui les enveloppait. Puis, peu à peu, les rayons du soleil, écartant les bruines et les brouillards, commettaient l'irréversible. Sous les arbres, il pleuvait alors des givres par morceaux, créant ce doux bruissement qui précédait la métamorphose finale. Tout redevenait normal, et la magie de l'isolement disparaissait aussi dans la pensée des hommes.

Comme de coutume, après le repas, alors que les jeunes avaient regagné l'étage, Julienne et Marcellin rejoignirent le cantou et s'assirent près du feu. Le tic-tac de la pendule égratignait le silence. De temps à autre, l'écroulement des tisons créait un nuage d'étincelles. Chat et chien somnolaient, aussi silencieux que le marbre.

– Faudrait bien que ce froid s'arrête un peu, on a du mal pour l'eau des bêtes, la tirer du puits et la transporter par ces mauvais jours, c'est bien pénible !

– Tous les hivers nous posent les mêmes problèmes, dit Marcellin.

Puis, après un long silence :

– Nous avons besoin d'un tracteur, Julienne. Ça me préoccupe depuis un bout de temps.

– Voilà que ça te reprend, je pensais que tu avais une autre bizarrerie en tête, installer l'électricité ou acheter des terres à ton voisin...

– J'y pense toujours, mais nous avons les sous pour l'acheter, je parle du tracteur. Pour le reste, les autres ne voudront rien entendre, et acheter autre chose ne m'intéresse pas, tu le sais. Lalise grandit, c'est vrai, mais vilaine comme elle est, personne ne voudra d'elle, ça me laisse du temps.

Lalise garderait toute sa vie de vilaines cicatrices de brûlures sur une épaule et sur le cou, jusqu'à l'oreille. Aussi n'ôtait-elle jamais son foulard, même sous ses cheveux longs.

– Marcellin ! elle n'est pas si affreuse, faut pas en dire du mal, et puis ce n'est pas sa faute, pauvre petite ! Ç'aurait pu être bien pire !

– Si au moins Paul et elle...

– Ah non, tout de même ! lâcha-t-elle trop rapidement.

– C'est la seule chance que nous ayons. En affaires, on ne tient pas compte des sentiments, tu devrais le savoir, sinon où irions-nous ?

– Tout de même, la Lalise pour Paul...

– Parlons d'autre chose, on a tout le temps. Pour le reste...

– Ce tracteur, hein ! J'imagine que tu as déjà une idée ? reprit Julienne.

– J'y réfléchis beaucoup. On se fait toujours voler par les marchands, et pourtant... Si nous achetons cette machine, ce n'est pas pour qu'elle reste au hangar. Nous défricherons le taillis des cailles, ça nous fera un champ de plus. Nous élèverons quelques porcs en plus, et tu pourras doubler la volaille ?

– Je me rends compte que ton tracteur, au lieu de nous faciliter la besogne, nous l'augmente déjà !

– Faudra bien combler le trou dans nos économies ! Il n'est pas donné, cet engin, nous devons le combler le plus tôt possible et même on pourra augmenter la valeur du domaine. Je leur montrerai, moi, aux Boislambre, que je peux acheter leurs terres !

– Tu es le pire des Auvergnats !

« Il ne renoncera donc jamais », pensait-elle.

Quant à Marcellin, il ruminait. Il se prenait parfois à souhaiter du mal à son voisin, oh, pas grand-chose, un accident pas trop grave, mais suffisant pour l'empêcher de travailler, ce qui l'obligerait à transiger et à céder.

– Et combien il faut sortir pour ton tracteur ?

– Il faut compter au moins...

– Bon... Tu es le maître ici. Je ne contrarierai pas ce projet, ni les autres d'ailleurs, mais je voudrais que tu vives plus tranquillement. Nous ne faisons rien d'autre que de travailler, t'en rends-tu compte ?

– Que peut-on faire d'autre ? Je n'aime que ça, je ne bois pas, je ne fume pas, je n'aime que ma ferme et je ne suis pas prêt à changer...

– Oh ! Je suis bien tranquille de ce côté-là, mon pauvre Marcellin, et c'est aussi pour ça qu'on t'aime, tes enfants et moi, et je pourrais dire le petit Laurent aussi. Mais dans cette affaire (elle baissa la voix) je vais y laisser ma santé, je le sens venir.

Marcellin chercha les yeux de sa femme, le regard direct et attentif de sa compagne de vie. Et sa gorge se serra. Il se leva du fauteuil pour mouvoir son corps, éloigner l'engourdissement de l'émotion.

Le chat et le chien levèrent la tête.

– Viens donc te coucher, Julienne. Tu as besoin de repos.

Elle soupira, un sourire mi-tendre, mi-résigné sur les lèvres.

– C'est ça, Marcellin. Allons nous reposer.

Sur les Trois Marches, la nuit devint plus noire encore. Toute trace de vie semblait gommée, dévorée par une obscurité glaciale.

Par ces temps de froidure, on distillait dans les campagnes les fruits des vergers conservés dans les tonneaux. Chez les Boislambre on utilisait aussi le moût des raisins pressés en septembre.

Çà et là, par les sentiers, de fortes odeurs trahissaient les bouilleurs de crus, déclarés ou non. La maréchaussée veillait comme elle pouvait, mais chacun prenait un malin plaisir à la berner. Une sorte de jeu inscrit dans l'âme des paysans, maîtres de la terre et de ce qu'elle produisait.

Aux Trois Marches, on préparait l'alambic, on le chauffait, on le cajolait pour qu'il livre ses premières vapeurs. Lorsque les première gouttes, le premier filet d'eau-de-vie coulaient enfin de la tuyauterie, les connaisseurs – voisins ou amis, prévenus on ne savait ni comment ni par qui – exerçaient solennellement leur science des papilles. Certains gardaient le silence quelques secondes, pour le suspense, avant de livrer leur verdict. Et pour finir affirmaient que la gnôle serait exceptionnelle, voire la meilleure. Puis ils s'essuyaient les lèvres, satisfaits qu'on eût demandé leur avis.

L'opération durait parfois plusieurs jours. À son tour, Marcellin se rendait dans quelques fermes, afin de « taster » le nouveau sang « à réveiller les morts ! ».

Puis l'alambic rejoindrait sa cachette, dans la paille ou sous le foin de la grange. Dans les fermes, bien des lieux recelaient ainsi des trésors interdits, comme des fusils allemands de la guerre de quatorze, avec leurs munitions. Marcellin les avait montrés à son fils. Un secret qui avait figé le gamin d'admiration.

Un matin, Firmin s'installa dans un coin de la grande pièce, près d'une fenêtre, pour un travail qu'il ne pouvait exercer dans le grand froid extérieur. Il s'adonnait à la vannerie. Il possédait le talent de réaliser paniers et corbeilles en osier, sans avoir jamais appris ailleurs que sur le tas cette spécialité de précision. Les fines tiges de châtaignier, les gerbes d'osier jonchaient le plancher. Le bois souple ployait sous ses doigts, les anses prenaient forme, et de frêles brins sifflaient parfois dans ses mains expertes en frappant son pantalon. Il travaillait aussi les tiges de ronces qu'il partageait savamment en plusieurs liens à torsader à sa guise. Il savait confectionner les paillissous qui recevaient la pâte à pain afin qu'elle levât. Paille, osier, tiges de ronces, rien n'était étranger à Firmin, qui réalisait les modèles qu'on lui commandait.

– Vous êtes habile, lui disait Laurent qui n'en perdait pas une miette, vous savez tout faire, même des corbeilles.

Firmin, à qui l'on ne faisait guère de compliments, lui souriait, un peu gêné.

– C'est facile, regarde-moi travailler et tu verras que ce n'est pas si compliqué. Il faut de la patience, voilà tout ! J'en ferai un, rien que pour toi, si tu veux bien.

– Faut pas que ça fasse des jaloux.

– Ne te fais pas de souci, petit, on ne te veut aucun mal ici.

Pendant une quinzaine de jours Firmin plia, tressa, paracheva un tas de paniers.

– Ça suffira pour l'année, approuva un soir Marcellin. Même si j'en donne quelques-uns.

Et Firmin s'arrêta. Julienne, dont l'espace était envahi depuis des jours, poussa un énorme soupir de soulagement.

– Bah, dit Firmin, voilà un autre hiver de passé ! Pour me changer les idées, je vais écraser deux sacs de châtaignes pour les volailles.

En secret, il se mit alors à confectionner une sorte de petit coffre tout en osier blanc, très fin, à double couvercle et à la fermeture bizarre. Quelques jours plus tard, il l'offrit à Laurent.

Tout à sa joie, le garçon voulut l'ouvrir, sans y parvenir.

– C'est un coffre à secrets, confia Firmin en souriant. Son système d'ouverture est simple, et pourtant impossible à découvrir pour celui qui ne connaît pas son mystère... Ne force pas sur le couvercle, ça doit s'ouvrir tout doucement.

– C'est curieux, je ne trouve pas, et je ne vois rien d'extraordinaire...

Firmin eut pitié de son impatience et lui révéla l'astuce. Laurent, stupéfait, débordant de gratitude, aurait voulu sauter au cou de Firmin et l'embrasser, mais jamais il n'osa. Il serra le coffret contre sa poitrine et courut ranger son trésor dans sa chambre, en prévenant ses amis de ne jamais essayer de l'ouvrir ! Lui seul avait ce droit et ce pouvoir !

Il ignorait le rôle que ce coffret jouerait dans sa vie. Dans son futur.

Au fil des saisons, Laurent devenait le troisième enfant des Favre. Paul et Chune ne l'écartaient d'aucun secret.

Lorsqu'un jour se présenta l'inspecteur de l'Assistance publique, le fonctionnaire ne cacha pas sa satisfaction. Il expliqua que tous les placements ne réussissaient pas comme celui de Laurent Sylvestre ; et de raconter – en outrepassant son droit de réserve – l'histoire d'un certain Jacques qui, du même âge que Laurent et dans la même école, posait d'énormes problèmes à tous.

– Un indomptable, celui-là. Rien ne lui fait peur, il refuse toute forme d'autorité, une vraie graine de malfaisant. Laurent ne vous en a jamais parlé ? demanda-t-il aux Favre.

– Pas Laurent, non, mais nos enfants. Laurent leur parle de lui, il semble même le protéger, le comprendre, c'est ce qu'il dit.

L'inspecteur hocha la tête, perplexe. Mais il n'était pas ici pour parler de Jacques. Et lorsqu'il salua les Favre, il paraissait satisfait.

– C'est un jeune qu'on aimerait garder longtemps, ajouta Marcellin, en guise d'au revoir.

Les douceurs du printemps arrivèrent avec les premières pâquerettes dans les prés reverdis de tendre. Le coucou s'annonça début avril, comme à son habitude, non qu'il se laissât voir, mais deviner par son chant reconnaissable.

– Tu vois, petit, quand tu entends le coucou, c'est déjà les portes de la belle saison qui s'ouvrent, annonça Firmin à Laurent.

On surveillait la floraison des lilas. C'est elle qui donnerait le signal pour la mise en terre des semences de pommes de terre.

– Si j'avais ce tracteur, marmonnait Marcellin, ce serait tellement moins pénible...

– Qu'attends-tu pour l'acheter ? Lui rétorquait Paul. Depuis le temps que tu nous en parles, faudra bien que tu te décides. Bientôt je travaillerai avec toi, j'aimerais que tu aies du matériel nouveau, on pourrait ouvrir d'autres champs !

– Je vais réfléchir encore, mais les sous, ça ne se rassemble pas comme ça.

– Tu en as assez pour le payer, sinon tu n'en parlerais pas !

Hochement de tête du maître des lieux, appuyé par un certain sourire.

– Passe d'abord ton certificat, lui assena-t-il pour conclure.

Paul avait entendu. Mais ne voyait pas l'utilité de se préoccuper de cela. Certificat ou pas certificat, il travaillerait à la ferme dès le lendemain de son examen. Tel était son plus vif désir. L'objectif de son père était le sien : agrandir le domaine !

L'esprit de Laurent caressait un autre rêve, il deviendrait maçon ! Il le savait chaque fois qu'il longeait un vieux mur, et ne pouvait s'empêcher de redresser de ses petites mains les pierres déplacées, parfois lourdes. Paul en riait.

– Tu ne voudrais pas le rebâtir tout entier, par hasard ? Attends d'être un homme !

– Si j'avais des mains comme toi et ta force, ça ne me gênerait pas, et puis ça me plaît de toucher les pierres.

– Tu n'as qu'à devenir maçon !

– J'y pense, avait-il avoué. Mon rêve, vois-tu, c'est de bâtir des maisons. Je crois que posséder une maison c'est le plus important pour toute la famille, comme chez toi, quand on se rassemble tous au coin du feu, l'hiver.

– Pour moi, c'est posséder beaucoup de terres et de bétail, comme mon père. Peut-être qu'un jour, tu construiras ma maison, pour ma femme et mes enfants...

– Ça ne se fait pas comme ça, il faut apprendre à travailler, et puis je n'ai rien, c'est très difficile de commencer sans un sou.

Paul demeurait silencieux, essayant de mesurer le gouffre qui séparait leurs destinées.

– Peut-être que toi, dit Laurent, tu te marieras avec Lalise, elle te fait les yeux doux, je l'ai bien remarqué.

– Tu es fou ! s'écria Paul. Tu as vu ses cicatrices, c'est affreux !

– Tu ne dis pas toujours ça ! Je vous ai vus !

Et il déguerpit à toute vitesse, Paul lancé à ses trousses. Une course-poursuite s'engagea dans les chemins qui se terminerait comme d'habitude par l'épuisement des combattants et les hoquets de rire.

Après avoir repris son souffle, Paul lança adroitement :

– Est-ce que Chune te plaît ?

Laurent, surpris, hésitait à répondre. Puis, se décidant enfin :

– Je crois que oui, mais je ne sais pas encore.

– Alors si elle te plaît, promets-moi de la laisser tranquille, dit-il brusquement en changeant de ton. Tu trouveras bien d'autres filles, ça ne manque pas.

– Elle me plaît juste comme ça, ne crains rien, bafouilla Laurent. Je sais bien que ça ne plairait à personne chez vous.

Il venait de se livrer et s'en voulait. Paul lui lança un regard qui lui fit mal, qui le blessa à jamais. Pour la première fois. Une faille venait de s'ouvrir entre eux. Dans les relations du fils Favre et du garçon de l'Assistance publique. Les terres du maître. La fille du maître. Chasse gardée.

Ils se relevèrent, s'époussetèrent, et firent mine d'oublier l'incident.

La température en hausse modifiait les comportements.

Quelque chose poussait aussi dans le sang des hommes et des bêtes.

Par un après-midi ensoleillé, Chune et Laurent se retrouvèrent seuls, revenant de vérifier le bétail dans une pâture assez éloignée de la ferme. Sur les bords du chemin, les fougères créaient une sorte de fourré où se perdait le chien en quête de quelque animal repéré au flair.

Chune fixa Laurent et lui dit fermement :

– Viens, arrêtons-nous ici.

Elle coucha les fougères et l'invita à s'asseoir près d'elle. Le cœur du garçon s'accéléra, « que me veut-elle ? » se demanda-t-il.

Elle lui prit la main.

– Ici, nous serons bien pour discuter tous les deux. Je sais que Paul et Lalise font de même, mais pour nous ce sera la première fois.

Laurent se taisait, mais ne se révoltait pas. Elle lui souriait.

– Je te plais ? Dis-moi si je te plais !

Rien de tel pour plonger son ami dans une gêne

extrême. Chune s'étendit dans l'herbe, le plus naturellement du monde. Laurent hésita quelques secondes, et fit de même, pour ne pas paraître idiot.

– Je suis sûre que je te plais, continua-t-elle. Pourquoi ne dis-tu rien ? Il n'y a pas de mal à ça. On devrait même se fiancer comme les grands de la classe. Mais c'est un secret.

Elle ne lui avait pas lâché la main, et le regardait intensément, tout en souriant. Figé, Laurent, immobile, attendait la suite avec une appréhension qui frisait la panique.

De sa main libre, elle retroussa sa robe de coton, et de l'autre conduisit la main de Laurent le long de ses petites cuisses musclées, jusqu'au creux du nombril. Laurent n'osait pas la regarder, son cœur s'emballait. Il percevait la tiédeur de son corps sous ses doigts qui tremblaient. Elle dégagea sa main et recouvrit celle de Laurent de ses cotillons.

– On est bien tous les deux, tu ne crois pas ?

– Oui, répondit-il enfin. Est-ce que c'est mal ce qu'on fait ?

– Non, Laurent, à condition que personne ne le sache.

Sa main bougea de quelques centimètres. Chune lui plaisait, il le savait depuis des mois. Elle se serra un peu plus contre lui et lui caressa le visage.

– Tu veux bien m'embrasser ? chuchota-t-elle alors que ses lèvres touchaient déjà celles de Laurent.

Alors il eut envie de la serrer contre lui, très fort. Mais lui revint en mémoire la voix de Paul, son visage fermé.

Ils échangèrent quelques doux, tendres et légers baisers. Et soudain elle se jeta contre lui.

– Promets-moi que tu n'épouseras pas une autre que moi, jure-le ! Je veux l'entendre !

– Je voudrais bien te le promettre, mais je ne suis pas celui qui intéressera ta famille, tu le sais bien...

– On se mariera ensemble. On aura des enfants, je sais comment ça se fait les petits. Alors moi, je veux que ce soit toi le père de mes petits, parce que je t'aime.

Épouvanté par ce qu'il faisait, Laurent promit, corps et âme en fièvre. Chune, plus belle que jamais, savourait son éclatante victoire, qui avait eu pour témoin qu'un petit nuage jouant avec le soleil et un cortège de fourmis lourdement chargées.

Ils rejoignirent la ferme, côte à côte, en accordant leur pas, sans que rien dans leur comportement trahisse leur relation toute neuve et pleine de rêve. Leur sourire demeurait la seule piste du secret.

Avant de s'endormir, au soir de cette journée particulière, Laurent se fourra la tête sous les couvertures, incapable de discuter avec Paul. Il voulait revivre toutes les secondes de cette merveilleuse journée, de cette première découverte amoureuse. Si seulement il avait pu enfermer son secret dans son coffre...

Chune, de son côté, n'avait pas une attitude différente. Mais plus mûre que son ami – comme le sont en général les filles – elle devinait, à travers son présent, un chemin, un long chemin, bordé d'arbres immenses. Et ce chemin filait tout droit vers son futur.

4

La politique intéressait Marcellin. Même s'il ne comprenait pas toujours le sens des situations décrites dans le journal. Le comportement de l'Allemagne, en particulier, l'inquiétait. Il en parlait avec Boislambre, au coin du four ou durant les foires. Un certain Adolf Hitler tenait aux foules des discours de prospérité et d'héroïsme. « Et comment va-t-il donc s'y prendre ? » interrogeait Marcellin, intrigué par le ton du petit homme. Puis le quotidien reprenait ses droits, avec ses exigences et ses tâches, et l'on oubliait les frontières, le reste du monde.

Robin des Bois avait réapparu, n'ayant aucune marchandise à négocier, pour le simple plaisir de se laisser inviter à partager une soupe et un morceau de fromage, surtout quand il voyageait sans son amie la bohémienne.

Puis vint le moment des grandes bugeades. On sortait les baquets, les lessiveuses, les chaudrons. Ces lessivages avaient lieu au printemps, en été et juste avant l'hiver. Dans les baquets remplis d'eau chaude, les femmes décrassaient d'abord le linge avec le savon dur. Puis on plaçait les boudins de cendres au fond des récipients, et le linge décrassé était mis à bouillir. Au cours de l'ébullition, la cendre faisait office de lessive et blanchissait draps et torchons de chanvre épais. « Ça bout de partout, ça trotte », disait-on en riant, et à l'ouverture des lessiveuses, les vapeurs au parfum de bugeades faisaient reculer les femmes et ajoutaient de la drôlerie à leur labeur.

Puis les lavandières, accompagnées des garçons qui conduisaient les brouettes, se rendaient au ruisseau pour les rinçages à grande eau. Chune aidait de son mieux, et bien souvent les Boislambre faisaient ces travaux en même temps, ce qui égayait, au bord de la Vigourette, le lacet aménagé avec deux grandes pierres plates servant de lavoir. Lalise et Chune en profitaient pour se parler et pour chanter, en compagnie de leurs mères, au rythme de leurs battoirs. Elles essoraient les draps à deux, les tordant de toutes leurs forces entre leurs mains rougies. Parfois un fou rire fichait tout par terre, et on recommençait.

Les brouettes remontaient ensuite, chargées des lourdes panières de linge propre. On étendait draps et torchons aux endroits proches des maisons, sur l'herbe soignée, afin que la rosée – de son mystérieux pouvoir – blanchisse encore les toiles.

Le père Favre n'avait toujours pas acheté son tracteur, mais en parlait de moins en moins. En revanche, il économisait sou à sou pour « d'autres projets ». « Bah, un tracteur, ça se trouvera toujours », disait-il. Et la famille avait renoncé à comprendre.

Par une fin d'après-midi de juin, alors qu'il arpentait seul ses terres vers la rivière, la vieille ambition resurgit brusquement en lui. Le ruisseau lui apparut-il comme une limite ? Fut-il victime des chaleurs de juin ? Toujours est-il que le maître des Trois Marches se sentit poussé à affronter une nouvelle fois son voisin Boislambre. Et d'un pas décidé s'en alla lui rendre visite.

Il commença par lui parler de Blum et des congés payés accordés à tous les salariés. Deux semaines complètes ! À n'y pas croire ! Sans doute, d'après lui, ça ne tiendrait pas, ça ne pouvait pas se mettre en pratique, sans parler du travail réduit à quarante heures par semaine ! Comment allaient-ils s'en sortir ?

Il savait que la fille Boislambre allait vers ses dix-sept ans, et que certainement quelque prétendant intéressé se manifesterait malgré tout. Que cet homme l'emmenât vers un autre village ou un autre lieu ne le dérangeait nullement, mais qu'il eût des vues sur la propriété familiale l'inquiétait davantage.

Il tourna longtemps autour du pot, se mit à parler de l'aménagement d'une partie du ruisseau afin d'améliorer le lavoir.

Jean Boislambre s'étonnait de ce besoin subit de modification des lieux, aucune femme ne s'étant plainte à ce sujet.

– Si le ruisseau était ma propriété, j'aurais même aménagé un abri, quelque chose de plus pratique et de plus protégé. Quant le vent y passe, les femmes n'ont guère chaud.

– Ça ne presse pas bien, répondit Boislambre, mais dans les temps, on verra, on pourra y penser.

Puis, n'y tenant plus :

– Si Lalise n'épouse pas un paysan comme nous, la ferme vous restera sur les bras, et quand on vieillit, ça devient de plus en plus difficile à deux.

– On a le temps de voir, on sait bien que si on vendait, vous seriez les premiers intéressés, c'est normal, il n'y a que la Vigourette et les clôtures qui nous séparent.

Marcellin crut percevoir alors une infime lueur d'espoir. Il devint maladroit :

– On vous en donnerait un bon prix, comptez sur nous, entre voisins...

Boislambre se gratta la tête, longuement, et soudain éclata :

– On ne vend pas ! Et s'il faut mourir sur nos terres, on le fera, ma femme et moi ! On espère bien trouver un gendre qui sera très heureux, le moment venu, de prendre la succession, vous feriez de même, pas vrai ?

– Pardi, on est tous pareils, consentit en maugréant Marcellin Favre. C'est pour les jeunes qu'on se décarcasse.

– Je me sens pas encore bien vieux...

– Pour le lavoir, vous avez raison, on verra plus tard.

Le père Favre se leva, salua, et repartit vers les Trois Marches avec plus de rage dans l'âme qu'il n'en avait jamais eue. « Il faudra bien pourtant que j'y arrive ! » marmonnait-il, plus obstiné qu'une mule.

L'année scolaire arrivait à son terme. Chune et Laurent étaient devenus les meilleurs élèves de leur cours, et tour à tour, prenaient la tête du classement. « J'ai rarement vécu une situation identique », disait l'instituteur, M. Vasterne. « On dirait qu'ils copient l'un sur l'autre et cependant j'ai la certitude du contraire. » Quant à Paul, l'année avait été difficile et le classement ne le préoccupait pas le moins du monde. L'instituteur savait qu'il n'avait qu'une idée en tête : arrêter l'école et travailler avec ses parents.

Aussi, au soir des résultats, lorsque le maître lui annonça que, malgré des notes moyennes, il avait obtenu son certificat d'études, Paul ne montra guère d'enthousiasme pour son diplôme, mais devint fou de joie à l'idée que plus jamais il ne s'assiérait devant ses livres et ses cahiers à en avoir des fourmis dans les jambes.

Sur le chemin du retour, il ne parla que de travailler la terre, le domaine, et les deux autres souriaient, surpris par tant d'enthousiasme, mais heureux pour lui.

Quand ils parvinrent à la ferme, Paul eut ce premier mot pour son père :

– Cette fois ça y est ! À partir d'aujourd'hui, on ne se quitte plus !

– Et ce certificat ?

– Je l'ai, c'est vrai que je l'ai eu, maman va être contente ! Tiens, le voilà...

Hochement de tête du père qui signifiait : « Sacré

gosse ! » Et en même temps : « Avec lui, l'avenir des Trois Marches est garanti. »

Pour Laurent, sa première année chez les Favre se terminait. Son adaptation avait été des plus réussies. La suivante commençait déjà avec les grandes manœuvres estivales.

Investi de nouvelles responsabilités – tant souhaitées – Paul secondait son père de façon autoritaire.

Marcellin prit la décision de modifier les chambres de l'étage, afin que Paul eût la sienne pour lui seul. Ainsi, les trois jeunes eurent une indépendance plus grande. Laurent se satisfaisait tout à fait de ce nouvel espace, même si la pièce aménagée sommairement par des cloisons de planches ne débordait pas d'originalité. Il avait désormais son territoire.

Rien de nouveau ne s'était passé entre Chune et lui depuis le fameux jour dans les fougères. Mais lorsqu'elle le regardait, il y avait une étincelle particulière dans ses yeux. Pourtant, Laurent se disait qu'elle avait certainement oublié.

Pour la fête du village dont dépendait leur hameau, il y eut de l'animation. Une estrade trônait près de l'église où des musiciens amusaient le monde. Puis des couples osèrent tourner une valse. Assis côte à côte, Chune et Laurent observaient.

– Un jour, dit Laurent, j'apprendrai la valse et la bourrée, je crois que ça me plaît, oui, ça me plaît bien.

– Je t'apprendrai si tu veux. Ma mère m'a montré un jour que nous étions seules à la maison. On a bien ri toutes les deux, et maintenant je sais. Tu veux essayer ?

– Oh non ! dit-il en rougissant, pas aujourd'hui. Vous les filles, vous savez tout avant les garçons, c'est drôle quand même !

– Viens m'acheter des nougats et je te promets de t'apprendre à danser, osa-t-elle.

– Marché conclu !

Plus loin, les hommes s'affrontaient au jeu de quilles, pariant sans cesse la tournée, jusqu'au moment où Julienne devinait l'instant où tout risquait de basculer dans l'ivresse. Elle s'empressait alors de réunir son monde et de le ramener au bercail. Les Boislambre faisaient de même, cependant que Lalise et Paul traînaient toujours derrière.

Les habitudes d'automne prirent désormais la place des surprises de l'été.

Chune et Laurent avaient retrouvé les bancs de l'école dans le cours du certificat. Déjà *octembre,* et la compétition reprenait, un jeu qui ne déplaisait pas à l'instituteur.

À la propriété, Paul avait déjà labouré avec son père, libérant Firmin pour le soin de ses bêtes, son étable et la fabrication du fromage. Maurice avait posé son tablier jusqu'au printemps prochain. Sur le chemin des écoliers, à deux cents mètres de l'école, une équipe de maçons construisait une maison, ce qui intéressa vivement Laurent. Il s'arrêtait tous les jours devant les murs de pierres qui, jour après jour, gagnaient en hauteur. Ce manège agaçait Chune. Les ouvriers remarquèrent ce jeune qui les observait et entamèrent la conversation, au grand bonheur de Laurent. Il leur avoua sa passion du métier, et qu'il comptait bien l'exercer plus tard. Il leur confia aussi combien il aimait les odeurs du chantier : sable, chaux, pierres, matériaux.

Chune connaissait les intentions de son ami et sut ce jour-là qu'il partirait des Trois Marches. Elle espérait seulement qu'il attendrait la fin de l'année scolaire et le certificat. Il la rassura de son mieux. Le chantier s'arrêta quelque temps. Les murs de pierres doivent sécher lentement, afin de réaliser de la belle ouvrage. Mais Laurent s'impatientait de ne plus voir les ouvriers.

– Ça te manque à ce point ? demanda Chune.

– Pour une fois que je peux voir de près des maçons en pleine construction, ça m'intéresse, oui, ça m'intéresse.

– Tu veux vraiment devenir maçon pour de vrai ?

– Oui, Chune, je veux avoir mon certificat pour commencer, et après je veux moi aussi travailler comme Paul le fait à la ferme.

– Ça veut dire que tu partiras ?

Laurent se tut.

– Pourquoi ne resterais-tu pas avec nous, aux Trois Marches ? Je suis sûre que mes parents seraient d'accord. Tu connais le travail, on t'aime bien aussi..., termina-t-elle avec une drôle de moue.

– En restant à la ferme, je deviendrai quoi ? Domestique, bouvier peut-être ? C'est sûrement bien, mais moi je veux devenir maçon et construire un jour des maisons. Bâtir des murs, ça me plaît, Chune, j'y pense depuis longtemps. Et puis, peut-être qu'un jour, dans bien du temps, je serai maçon à mon compte. Je crois qu'à ce moment-là, je serai heureux comme ton frère avec sa propriété.

– Tu vas m'abandonner, dis, Laurent, tu vas m'abandonner ?

Il lui prit la main et tous deux, sans s'en rendre compte, rentrèrent ainsi à la maison.

À la fin de ce fameux mois d'*octembre*, ils furent chargés par Paul d'aller nettoyer la châtaigneraie. Un jeu pour eux plutôt qu'un travail. Équipés de râteaux, ils ratissaient feuilles mortes et bogues mêlées, et vidaient celles-ci des jolies châtaignes encore enfermées dans leur satin. Tout cela dans la joie et les rires, tant et si bien que Lalise les rejoignit et partagea leur besogne.

Plus tard, Paul vint se joindre à eux et mit le feu – lui seul avait ce droit – au tas de feuilles mortes. Une fumée épaisse montait alors d'entre les arbres et l'explosion des marrons retentissait çà et là. Chacun se régalait de ces châtaignes noircies et brûlées par endroits, et quand les visages prenaient des allures de guerriers sioux, on améliorait encore le masque !

Le ramassage des dernières châtaignes se faisait le jour même ou le suivant. Les premières gelées les rendaient meilleures, disait-on, et elles finissaient grillées dans la vieille poêle percée. les Favre les savouraient près du cantou, accompagnées d'un cidre nouveau.

C'est là également, durant les longues soirées de cette fin d'année, que Marcellin se mit à lire assidûment le journal. Les nazis s'acharnaient contre les Juifs.

– Ces cocos-là vont nous foutre la pagaille, dit Marcellin à haute voix.

Et il se mit à suivre le redoutable feuilleton de l'Allemagne saisie de folie.

En décembre, Jean Mermoz disparaissait dans l'Atlantique Sud.

Noël ramena tous les fidèles à l'église et le curé fit un beau sermon. Aux Trois Marches, chacun reçut son présent.

Les mois passaient comme des troupeaux de nuages en marche vers les belles journées du printemps.

Laurent avait rencontré le maçon, puis l'entrepreneur qui n'attendait plus que la charpente pour coiffer la construction. Il fit tant et si bien qu'il parvint à convaincre l'artisan de penser à lui comme apprenti, après la date du certificat d'études.

– Tu travailles bien à l'école ? lui demanda Jules

Marcinac, face à cette impatiente détermination. Je préfère embaucher un bon élève. Poser les pierres l'une sur l'autre n'est pas difficile, mais bien exécuter la tâche, respecter les plans, et être fier de son travail, qui est dur, est une autre histoire. Tu me confirmeras dans un bon mois tes intentions définitives.

– Oui, monsieur, vous pouvez compter sur moi.

Le rêve de Laurent prenait corps. Bien qu'il eût aimé en discuter aux Trois Marches avec les Favre, il tint le secret, sauf avec Chune.

Début mars, le gel fixait encore les flaques dans les ornières à l'aspect de vitraux. Pour des raisons de nettoyage d'étable, Paul décida d'évacuer l'ensemble du bétail et de le laisser aller pour un temps à l'air libre. Julienne, qui rapportait du puits un seau bien rempli, sans se soucier de ce qui se passait face à l'étable, glissa sur une plaque de glace et s'affala de tout son long sur cette dure terre aux mille aspérités. Laurent n'eut que le temps d'accourir et de stopper le troupeau, qui avançait sur elle, en criant et gesticulant de toutes ses forces. Mais Julienne ne pouvait se relever, souffrant atrocement d'une cheville. Alors, voyant que les bêtes, chassées de l'étable par Paul, déboulaient sur elle et allaient la piétiner, il saisit Julienne aux aisselles et la traîna hors d'atteinte des animaux.

Laurent se pencha sur elle, passa son bras sous sa tête et lui demanda en tremblant :

– Ça va, madame Julienne ?

– Oui, grâce à toi mon petit, grâce à toi. Oh mon Dieu !

Puis les larmes roulèrent sur son visage, ce pauvre visage plein de peur que Laurent n'avait jamais vu de si près.

– Qu'est-ce qui se passe ? dit Paul, voyant sa mère allongée sur la terre gelée.

Laurent ne disait mot, tenant toujours Mme Favre dans ses bras. C'est Julienne, reprenant peu à peu ses esprits, qui expliqua :

– Sans Laurent, tu n'aurais plus de mère à cet instant, je peux le certifier.

On la ramena à l'intérieur.

Le médecin déclara qu'une vilaine entorse empêcherait Mme Favre de marcher durant plusieurs jours. Mais avec un bon bandage et un peu de repos, il n'y paraîtrait plus.

Julienne informa le médecin des circonstances de l'accident. Lorsque celui-ci prit congé, il tapa affectueusement sur l'épaule de Laurent dont les joues s'empourprèrent. Chune le regardait avec admiration et l'embrassa devant tout le monde. Puis chacun retourna à son travail, comme s'il ne s'était rien passé. La cuisinière fit des heures supplémentaires.

Le soir même, à la fin du repas, Marcellin prit la parole. Tous voyaient qu'il avait l'air grave et décidé. Il s'adressa directement à Laurent :

– Aujourd'hui, tu t'es comporté comme un homme. Nous savons tous ce que tu as fait. Merci, Laurent. À partir de ce jour, il faut que tu saches que tu auras ta chambre dans notre maison pour toute ta vie, si tu le veux, et le couvert, ça va sans dire. Tu es des nôtres, et cette maison sera aussi la tienne, tu n'habites plus à l'Assistance publique.

Sous les regards de tous, paralysé par l'émotion, Laurent Sylvestre ne trouvait rien à répondre. Il regarda simplement Julienne, qu'on avait installée près du cantou, sur la bergère. Elle sourit et lui fit un petit signe de la main. Mais il sentit venir les larmes, il sentit qu'il allait se répandre en public, et il s'enfuit en toute hâte vers sa chambre. Là, il laissa venir pleurs et sanglots. Il pleurait parce que le bonheur était nouveau pour lui. Il pleurait d'avoir entendu qu'on l'aimait, parce qu'il fallait que Marcellin l'aimât pour lui offrir un gîte, une place à table, une famille pour toujours. Il ne pouvait plus arrêter ses pleurs.

Au matin, Chune lui adressa un sourire d'une extrême douceur. Et personne ne parla plus de l'incident. La promesse de Marcellin demeurait. Et illuminait l'âme de Laurent.

Laurent avait confirmé son désir au maçon. Et en avait informé Marcellin Favre.

– Tu veux vraiment devenir maçon ? Ça t'a attrapé comment cette envie ?

– Ça ne s'explique pas. M. Marcinac veut bien de moi, alors...

– Nous t'aurions bien gardé, tu sais que tu fais partie des nôtres depuis... depuis que tu habites ici pour toujours, si tu le veux bien sûr.

– Merci, monsieur Favre. Depuis ce que vous m'avez

dit, depuis que j'ai un endroit sûr pour vivre, un toit, une famille, je suis un autre, je suis comme tous les autres, et jamais, non jamais vous ne regretterez ce que vous m'avez donné ! Mais aussi, je veux apprendre un métier, je veux pouvoir bâtir des maisons pour ceux qui en voudront. Et je n'oublierai pas ce que m'a confié mon futur maître d'apprentissage. Il m'a dit qu'avec des pierres de toutes les formes et de toutes dimensions, même les plus tordues, je devrais faire un mur parfaitement droit, rectiligne, sans défaut, aligné au fil à plomb... Voilà quelque chose de formidable, qu'en pensez-vous ?

Le père Favre, ne s'étant jamais posé le problème, se trouva fort embarrassé. Il demanda maladroitement :

– Tu n'aimes donc pas le travail de la ferme ?

– Si, j'aime bien, mais jamais de toute ma vie je ne pourrai m'acheter un seul champ, un seul pré. Tandis que, devenu maçon, un jour je pourrai construire ma maison, avec une cheminée, un cantou...

– Tu es un brave gosse, on est tous contents de t'avoir ici.

Et Marcellin s'en retourna vers les étables, le cœur remué par l'attitude de ce gamin qui, décidément, avait quelque chose dans la tête.

La fin de l'année scolaire arriva. Ceux du certificat se préparaient pour l'examen et l'instituteur les poussait un peu plus. Quant à ceux des Trois Marches, il ne se faisait pour eux aucun souci. « J'aimerais en avoir plus souvent comme ces deux-là », disait-il.

Pourtant, quelle ne fut pas la surprise générale lorsque le maître annonça les résultats de cette année 1937. Pour la première fois dans sa classe, il y avait deux premiers ex aequo. Jamais pareil événement ne s'était produit dans le canton. Chune et Laurent n'avaient pu être départagés.

Lorsque les deux lauréats arrivèrent aux Trois Marches, Chune annonça sa première place, à la grande joie de sa mère. Puis Julienne regarda Laurent :

– Et toi, petit ? Tu as fait combien ?

– Premier aussi, nous sommes premiers ex aequo !

– Ça par exemple ! C'est extraordinaire ! Marcellin va être fier, mais ne vous attendez pas à des félicitations à n'en plus finir. Mais moi, je suis très fière de vous, mes petits !

M. Vasterne avait maintes fois souligné les capacités de Chune à ses parents. « Elle pourrait facilement réussir dans les études, et être admise dans les Postes », insistait-il. Mais Chune ne quitterait pas les Trois Marches. Le père, avec ses idées de grand domaine, la confortait dans cette position. « C'est l'affaire de toute la famille », affirmait-il égoïstement. Et que sa fille soit employée aux Postes n'apporterait aucune plus-value aux Trois Marches. Julienne suivait son époux, même si elle pressentait des problèmes à venir entre les deux enfants.

Le lendemain, les deux lauréats participaient aux fenaisons habituelles. Rien n'avait changé pour eux.

Dans un mois, Laurent commencerait son apprentissage. L'inspecteur avait donné son accord. Informé du geste sauveur de Laurent envers Mme Favre, il en avait été impressionné.

Robin des Bois parut aux Trois Marches avec sa bohémienne Esmeralda, quelques jours avant le départ de Laurent, qui affirma à Chune que ce n'était ni une vraie bohémienne ni une gitane.

– Comment peux-tu affirmer une chose pareille ?

– Les bohémiennes et les gitans ne sont pas ainsi. Souviens-toi, près de l'église lorsque les roulottes s'installent, là, il y en a des vraies. Et elles n'ont pas ces yeux-là, ni cette couleur de peau.

– Après tout, tu as peut-être raison mais ça n'a pas d'importance.

Robin des Bois portait des cagettes de fraises bien rouges et si parfumées que Julienne ne put résister. Esmeralda allait contourner la maison lorsqu'elle aperçut les trois jeunes gens. Les garçons, torse nu, s'affairaient vers les hangars.

– Oh ! Les beaux gars, lança-t-elle. Bientôt des hommes, attention les filles !

Chune observait cette femme, scrutait son visage pour y découvrir ce dont Laurent lui avait parlé. Elle la vit s'approcher de Laurent.

– Qu'as-tu sous ton bras gauche ? demanda-t-elle en souriant. Tu t'es mis de la terre ?

– Non, c'est une marque de fabrique, lança Laurent.

Trois petits grains de beauté en ligne. C'est de naissance.

Elle s'approcha au plus près, comme si elle voulait vérifier de ses propres yeux. Sur son visage passa quelque chose d'inquiétant. Puis, se ressaisissant elle dit :

– Avec ça, ta fiancée te retrouvera toujours !

Les jeunes riaient de cet intermède tandis que la bohémienne s'éloignait d'un pas vif, troublée au plus profond d'elle-même. « Est-ce possible ? se demandait-elle... Mon Dieu, est-ce possible ? »

Chune avait donc décidé de demeurer à la ferme familiale pour aider, participer aux travaux, à tous les travaux même les plus pénibles de la campagne. « On améliorera ainsi la production, avait dit le père. On va débroussailler des taillis et peut-être acheter ce tracteur... Les terres ne demandent qu'à donner. »

Laurent, de son côté, avait rejoint l'équipe de M. Marcinac à Saubrane. Il était nourri, et souvent logé jusqu'au samedi, puis il retrouvait pour la journée du dimanche la famille Favre et sa chambre. Même éreinté par l'ouvrage, il ne se plaignait jamais. Il aimait raconter ses premiers contacts, ses premières approches des matériaux et des ouvriers. Chune l'aurait écouté pendant des heures, les yeux rivés sur son visage. Il participait comme avant à tous les travaux. A chaque retour, Tatou lui faisait la fête et Julienne aimait le savoir sous son toit. Quant à Paul, il parlait toujours plus de ses terres et de ses projets.

Un dimanche après-midi, alors qu'il n'y avait rien à faire, Chune dit à Laurent :

– Il faudrait bien que tu apprennes à danser, je te l'avais promis.

– Mais pas aujourd'hui, pas comme ça...

– Mais si, les autres sont sortis, allez, viens !

Laurent n'y connaissait pas grand-chose mais la patience de Chune fit des miracles. Les trois temps de la valse furent bien vite imprimés dans la tête de Laurent : Un, deux, trois ! Un, deux, trois !

– Tu es vraiment doué, tu apprends si vite.

Elle en profitait pour le prendre dans ses bras et le garder là, au prétexte de la danse. Il fallut bien quatre dimanches pour que l'élève fût parfaitement dressé, comme elle aimait à dire, car elle avait ajouté au programme l'incontournable bourrée.

– Un garçon doit savoir inviter une fille à danser. Tu m'inviteras lorsque nous irons au bal, et ça surprendra tout le monde.

– Peut-être que j'en inviterai beaucoup d'autres, insinua-t-il avec un air des plus sérieux.

– Et moi j'irai inviter des garçons ! Tiens, le fils du quincaillier qui me reluque depuis longtemps ! Il ne se fera pas prier, lui !

Ses joues avaient pris des couleurs. Et Laurent ne put contenir son rire plus longtemps.

– Allons, Chune, tu sais bien que je danserai avec toi...

– Tout le temps ? Jure-moi !

Il déposa un léger baiser sur ses lèvres, sans répondre, puis sur sa joue. Elle ferma les yeux, et il la sentit frissonner.

Marcellin Favre se décida enfin à faire installer l'électricité aux Trois Marches. Avait-il honte de rester l'un des derniers, avec les Boislambre, à s'éclairer encore avec des lampes à huile ? Quoi qu'il en soit, il n'était plus question d'invoquer les histoires folles qui avaient couru sur la nocivité du courant électrique : taux de mortalité élevé chez les animaux, lors des vêlages dans les étables éclairées à l'électricité, perte de la vue par éblouissement des personnes âgées et des nourrissons, maux de tête à vous rendre fou, brûlures internes de la peau exposée, etc. Sans oublier pour les hommes la terrible perte de la virilité ! Pire qu'une guerre !

Tout cela appartenait désormais au folklore.

Un installateur de fils électriques arriva donc aux Trois Marches avec ses rouleaux de câbles.

– On ne mettra qu'une seule lampe à l'étage, dit Marcellin, faut pas gaspiller.

– Tôt ou tard, vous viendrez me rechercher et ce sera encore plus cher, dit l'artisan.

– Faisons les choses normalement, rectifia Julienne. Il faut de cette électricité dans les trois chambres, voyons. Tu as de drôles d'idées.

– Ça va tellement nous coûter, qu'on pourrait peut-être...

– Tu veux éclairer l'étable comme les autres agriculteurs et tu voudrais que les jeunes en soient privés ? Marcellin, réfléchis !

– Y a qu'à faire comme ça, on n'en mourra pas, c'est bien vrai.

– À la bonne heure ! conclut Julienne.

Et les baguettes de bois aux fines rainures où s'encastraient les fils torsadés montaient le long des encadrements des portes et des fenêtres, avant de rejoindre le point central du plafond noirci par des fumées ancestrales. Boîtes de dérivation par-ci, par-là, interrupteurs pratiques décorèrent bientôt l'intérieur des pièces blanchies à la chaux. D'un tel progrès, il faudrait prendre soin.

Dans les chambres, on décida de l'emplacement du cordon reliant l'interrupteur placé près du plafond, de telle manière qu'on puisse l'actionner une fois couché. Quel confort !

Dans la pièce principale, la lampe, son abat-jour de porcelaine blanche et le contrepoids étonnèrent Julienne. On fit des essais pour tirer la lumière jusque dans le cantou, et on fixa le crochet sous le manteau de la cheminée. Quelques prises de courant encore et l'installation fut terminée. Dans l'étable on installa deux lampes.

– Maintenant on va pouvoir acheter un poste de radio, annonça Paul avec un grand sourire. Tu pourras écouter les informations et des chansons, papa. On va devenir des gens modernes !

– Pas tout à la fois, on va la payer cette électricité, on ne va pas nous en faire cadeau, quand je pense que vous avez voulu une lampe supplémentaires dehors, au-dessus de la porte d'entrée...

– J'amènerai des copains, on pourra mieux discuter le soir...

– De mon temps...

– Ne recommençons pas avec ça, conclut la mère. Moi, je suis très contente, je pourrai travailler un peu plus tard, et nous serons comme tout le monde ! Les voisins ont fait comme nous autres, ils ont commandé eux aussi l'installation. Le seul problème, c'est que pour les parties de cartes, vous ne pourrez plus tricher !

Chune qui n'avait rien dit jusqu'alors déclara :

– Il ne nous manque plus que l'eau à la maison, et ça, ce serait bien commode pour tout le monde, plus besoin de porter les seaux.

– Avec un moteur électrique, dit l'artisan, on peut amener l'eau n'importe où, ce qui remplacerait le projet du bélier hydraulique dont nous parlons depuis longtemps.

– Ça fait bien des sous toutes ces inventions, mais il faut suivre le progrès. On installera l'eau au printemps. Avec les deux jeunes à la maison, il faut leur apporter du changement, du progrès comme on dit.

Julienne regardait son Marcellin de manière admirative. « Que lui arrive-t-il ? » pensa-t-elle.

Ce fut une journée pleine d'espoir. Quelques jours plus tard, le compteur électrique fut posé par la compagnie. « Un espion », disait Marcellin qui ne pouvait s'empêcher de recommander et de prêcher les économies.

– On n'achètera plus de pétrole ni de bougies, c'est déjà ça, dit Julienne pour le rassurer.

Et la lumière fut aux Trois Marches. Alors, Marcellin, après avoir payé l'artisan – non sans avoir marchandé comme à son habitude une dernière fois – eut cette réflexion déroutante :

– Tout de même, ça ne nous a pas ruiné, on aurait pu faire cette installation bien avant, plutôt que de se faire remarquer au pays. Je reconnais que c'est un peu de ma faute.

– Et pour l'eau ? s'empressa Julienne, tu maintiendras ta parole, dans le printemps qui vient ?

– Je vous le promets, assura-t-il avec ce sourire qu'il économisait comme le reste.

Les longues soirées d'hiver prirent alors un autre tour. Un poste de TSF avait marqué Noël, et une atmosphère nouvelle s'installa, dont tous s'accommodaient à plaisir. L'œil vert et magique de l'appareil intrigua des jours durant, car Firmin disait que c'était l'œil du diable qui les observait...

Le curé Treuil venait toujours pour ses parties de cartes, avec les Boislambre. Ils parlaient un peu plus de politique... Au retour à la cure, il manquait un jeune. Les deux filles encadraient Paul, bras dessus, bras dessous. On parlait de l'absent.

Lorsque Laurent revenait, en fin de semaine, il appréciait ce grand changement. Et le sentiment de prendre part aux temps nouveaux.

– Qu'est-il arrivé à ton père ? demanda-t-il à Chune. Il y a encore quelques mois, il n'aurait voulu rien entendre du progrès, à part agrandir sa ferme...

– Je pense qu'il a craint nos reproches. C'est toujours le manque de confort qui fait fuir les jeunes des campagnes.

– Et pour ta mère, c'est tellement mieux aussi.

– Au printemps, nous aurons l'eau à la maison, et là, nous serons en avance sur bien des fermes.

Laurent souriait de son enthousiasme. Puis :

– Et toi ? Toujours décidée à rester ici, à partager les travaux avec ton frère et ton père ?

– Oui, j'attendrai ici...

– Tu attendras quoi ? On attend toujours quelque chose dans la vie, tu attendras qu'on décide pour toi ?

– Pour le moment je suis ici, une femme a le droit de travailler dans la ferme familiale. Je sais bien qu'un jour des problèmes surgiront entre Paul et moi. Il est l'aîné, mais d'ici là... J'espère que tu ne partiras pas trop loin pour ton travail, Laurent. J'aime te savoir proche.

Elle lui prit la main. Dans ce cœur d'homme, ce cœur qui freinait ses élans, se livrait une bataille facile à deviner. L'amitié avec Chune n'était plus qu'histoire ancienne. D'autres sentiments, d'autres désirs s'épanouissaient. Elle le savait quand elle lui prenait la main. Une main devenue plus forte, et qui avait perdu la douceur de l'enfance. Le maniement des pierres, des outils, avait changé la nature de cette peau, mais elle l'aurait reconnue entre toutes.

Malgré leur âge, ils allaient au bal le dimanche après-midi seulement – la permission du soir n'était pas accordée à Chune.

Par une journée de brouillard et de froid, ils entrèrent pour la première fois dans un café d'où s'échappaient de doux airs d'accordéon, au moment où la salle était bondée, pour s'y cacher un peu. Ils se décidèrent. Les leçons de Chune portaient leurs fruits. Elle valsait entre ses bras, heureuse et fière. Les couples en faisaient autant... Bousculades, rapprochements accidentels, on continuait de tourner, de valser... Un, deux, trois... Un, deux, trois... Plus loin, Paul et Lalise. Sourires, rires... Quand la danse finissait, les garçons venaient inviter Chune, mais elle refusait toujours, se rapprochait de son préféré. Elle se gardait pour lui...

À la veillée, Marcellin s'attardait de plus en plus à la lecture du quotidien régional. Titres inquiétants, incompréhensibles parfois. Quatre camps de concentration en Allemagne : Dachau, Sachsenhausen, Lichthenburg et Buchenwald, encadrés de SS, les « escadrons de la mort ». Qu'est-ce que ça voulait dire ? Puis, en février 1938, Hitler, chef suprême du Reich, remplace l'état-major. En mars, le 12, les troupes allemandes pénètrent en Autriche.

– Je ne sais pas ce qui se prépare dans ce pays, annonça-t-il un soir, l'œil grave, mais ça ne peut être que des catastrophes.

– C'est loin de chez nous, on ne risque rien ici, ajouta Julienne. Depuis la guerre de quatorze, on a fait la paix, Dieu merci, j'espère qu'ils ne reviendront pas.

Marcellin hochait la tête, soucieux. Paul pensait à autre chose et Chune travaillait à son ouvrage de couture.

En avril, l'eau tant attendue arriva sur l'évier de pierre de la souillarde.

– L'eau dans la maison, voilà le plus grand des progrès ! s'exclama Julienne.

Plus besoin de tirer l'eau du puits, sauf peut-être, de temps en temps, pour le plaisir de consommer en été une eau plus fraîche et nostalgique.

Pendant ce temps, sur les marchés, aux enterrements, entre hommes, on parlait de la grande préoccupation que devenaient les voisins de l'Est. « Ça ne peut pas venir en France, disaient certains. – On n'y échappera pas », affirmaient les autres. Les nouvelles que fournissait la presse inspiraient plus que de la réserve.

– S'il arrivait malheur, demanda Julienne, que la guerre vienne par chez nous, que ferions-nous, Marcellin ?

– Paul ? Tu parles de Paul ? J'espère toujours. Et pour Laurent, ce serait pareil. Alors, on va s'occuper de notre travail, rien que de notre travail, et pour le reste, Julienne, à la grâce de Dieu. Moi, je pense toujours à agrandir...

– N'as-tu donc que ça en tête ? hurla-t-elle.

Il fit oui de la tête, en s'éloignant.

– Quelle caboche ! Ce n'est pas possible ! cria-t-elle.

Mais il était déjà loin, vers les hangars.

L'enchaînement des mois parut s'accélérer. Les jeunes devenaient des hommes et des femmes. Les discussions remplaçaient les rires, la barbe poussait drue aux garçons. Leur démarche même changeait et le travail commençait à marquer les attitudes. Et sans cesse, journaux et radio déversaient des flots d'informations plus qu'inquiétantes. L'étrange bonhomme, cet Hitler, haranguait et transcendait des foules énormes. « Il ne viendra jamais ici, c'est sûr », disaient les Favre et bien d'autres.

La vie continuait, il le fallait.

Laurent, en apprenti appliqué, donnait toute satisfaction chez les Marcinac. Du plaisir, oui, il trouvait du plaisir à bâtir, comme il l'avait espéré. Tout allait pour le mieux dans sa tête, si ce n'est qu'il ne cessait de penser à Chune. Malgré la crainte de la réaction de Paul, qui lui ne se gênait pas pour rencontrer Lalise sans sentiments sincères. Oserait-il un jour l'affronter ?

Marcellin veillait d'un œil inquisiteur sur son fils.

Lorsque Lalise se trouvait pour diverses raisons aux Trois Marches, il lui réservait bon accueil. Si bien que Paul le lui fit remarquer.

– Tu lui fais bien des compliments, à cette Lalise...

– Vous vous entendez bien tous les deux, ça se voit comme le nez au milieu de la figure.

– Heureusement qu'il y a d'autres filles, et bien plus belles. Il faut bien s'amuser. Je préfère Solange, elle est tellement plus jolie, dommage qu'elle fasse tant de manières.

– Tu es bien jeune pour parler de cette manière. Sache que si tu sortais, enfin je veux dire, si vous vous fréquentiez avec cette petite, je n'y verrais pas d'inconvénients.

– Jamais je ne me marierai avec elle, papa. C'est elle qui ne me lâche pas d'une semelle le dimanche, je suis même obligé de filouter...

Le père semblait satisfait.

– Si tu veux rentrer plus tard, les dimanches où tu vas danser, tu le peux, tu es un homme maintenant.

Il savait parfaitement où il voulait en venir.

En ce début d'année 1939, par une soirée de bal au village, il se déroula un événement peu ordinaire. La petite salle, pleine à craquer, transpirait de tous ses murs. L'orchestre livrait ses trésors aux habitués. Paul essayait de semer Lalise pour s'approcher de Solange, mais elle trouvait toujours le moyen de le rejoindre et de ne plus le quitter.

Chune et Laurent dansaient ensemble. Dans leurs cœurs, leur histoire bouillonnait si fort qu'elle grimpait dans leurs yeux. L'accordéoniste vit le manège et, connaissant Laurent, lui fit un signe de connivence en annonçant :

– Voici une valse pour le jeune maçon Laurent Sylvestre !

Chune et lui se lancèrent les premiers sur la piste, suivis par de nombreux couples. Paul et Lalise firent de même. Un, deux, trois... Un, deux, trois... Elle tournait si bien cette valse, si bien ! Elle durait, elle durait. Certains s'arrêtaient, prenaient un verre et se pressaient pour assister à ce qui, devant leurs yeux, devenait un concours de résistance. L'accordéoniste, un champion, ne faiblissait pas. Bientôt il ne resta plus que deux couples en piste : Paul et Lalise, Laurent et Chune. Paul sentit monter en lui une jalousie inconnue, en voyant ce qui se passait entre les deux autres. Mais le couple ne voyait plus personne, les yeux dans les yeux. Légère, Chune ne touchait plus le plancher, maintenue par des bras vigoureux. Elle souriait à son cavalier, au bord d'une révélation implacable. L'autre couple s'arrêta soudain. Alors les gens frappèrent dans leurs mains au rythme de la musique et formèrent le cercle.

À quelques mètres, Paul était défiguré par la colère, tandis que les beaux amoureux se saoulaient de bonheur. Sur leurs visages, de la sueur, peut-être des larmes, mais une aura de victoire. Tous savaient maintenant leur secret. Ils s'arrêtèrent enfin, comme soulevés par un nuage, sensation réservée à ceux qui osent accueillir les moments extraordinaires. La foule applaudit. Paul et Lalise disparurent les premiers dans la nuit. La fête continua sans eux.

Le lendemain matin, à la pointe du jour, au moment où normalement Laurent quittait les Trois Marches pour rejoindre son travail, on entendit des cris venant de la grange, des coups et des injures. Paul et Laurent se battaient sans retenue, roulant sur le sol. Paul n'avait pas supporté ce qui s'était passé la veille, publiquement.

– Je t'avais prévenu ! crachait-il à Laurent, je t'avais prévenu ! Chune n'est pas pour toi ! Jamais ! Jamais je ne le permettrai ! Tu n'es rien, tu entends ? Rien !

Les coups pleuvaient, le sang giclait du nez de Laurent, de l'arcade de Paul. Puis brusquement tout s'arrêta, les combattants étaient au sol, à bout de forces. Laurent se redressa le premier, péniblement, et sans un regard pour Paul, quitta les lieux, blessé dans son âme.

Chune, qui venait d'arriver, resta figée, sans comprendre.

– Porte-moi mes affaires, je m'en vais, lui dit Laurent.

– Mais, Laurent pourquoi vous avez...

– Va me chercher mes affaires, je t'en prie. Je vous quitte, les Favre !

Dans son regard se lisait le drame. Il ne bougeait pas, ne s'époussetait pas. Du sang coulait de son front, de ses joues, mais il n'y prêtait aucune attention.

Chune courut à la chambre de Laurent, prit quelques vêtements, sa valise, une paire de chaussures, le coffret d'osier, et revint à peine encombrée.

– Je te laisse le coffret, si tu le veux, lui dit-il.

Elle demeurait bouche ouverte, écrasée d'une émotion qui la paralysait tout entière.

Sans un mot de plus, Laurent tourna les talons et s'éloigna vers le chemin, celui qu'il avait parcouru avec l'inspecteur de l'Assistance publique, quelques années plus tôt. Un siècle.

Et il se mit à marcher. Sans même une ombre pour l'accompagner, contrairement au jour de son arrivée, quand le soleil jouait à travers les feuillages. Il vivrait chez les Marcinac, pendant un temps tout au moins. Et garderait tout au fond de lui l'image de Chune, comme un lien, un fil d'Ariane qui se déroulait à mesure qu'il s'éloignait. Il ne lui restait plus que ça. Peut-être...

Il lui sembla entendre quelqu'un qui l'appelait de loin... Mais il n'était pas sûr. Il s'arrêta au bord d'un mince ruisseau pour une rapide toilette.

À la propriété, de violentes disputes éclatèrent entre les Favre.

Paul travailla toute la journée sans paraître au repas de midi.

Une chape de plomb venait de tomber sur les Trois Marches.

5

La mobilisation générale avait été décrétée le 1er septembre 1939. Le 3, la France et la Grande-Bretagne déclaraient la guerre à l'Allemagne.

Firmin et Maurice devaient partir. À quelques mois près, Marcellin fut épargné.

Dans les villes et les campagnes, s'abattait la consternation.

– Heureusement que tu es trop jeune, sinon tu serais parti aussi, dit Julienne à Paul. Toi et Chune vous aiderez à tenir la propriété en attendant le retour des autres.

– Ne vous inquiétez pas, déclara Paul avec cran, on tiendra le coup. Les récoltes sont engrangées, les plus importantes. Restent les pommes de terre et les topinambours, ce ne sera rien à faire. Je me lèverai plus tôt chaque jour, ça me fera du bien.

– Moi aussi, ajouta Chune, toujours prompte à aider et ne pas être considérée comme une petite fille, ce qu'elle n'était plus.

Marcellin avait l'œil noir. Il pressentait les drames

mais n'en dit rien, conscient de devoir par-dessus tout maintenir le moral de son équipe. D'autant plus qu'il s'agissait des siens.

Les jours passaient. Une pénible période se préparait. De Firmin et de Maurice, peu de nouvelles, à peine quelques lignes, ils n'avaient pas la plume facile.

Les Favre se serraient les coudes, aidant même les Boislambre dans leurs tâches.

Julienne et Chune pensaient à Laurent, sans cesse, mais pour des raisons différentes. Marcellin se taisait, ne prononçait pas son nom, décidé à ne pas diviser ses troupes. Pourtant il souffrait. Il s'interrogeait et rageait. En se répétant qu'il n'avait pas dit son dernier mot.

Fidèle à sa nature obstinée, Chune fit le nécessaire pour revoir Laurent. Ils comprirent ce jour-là qu'ils ne pourraient jamais renoncer l'un à l'autre. Et décidèrent de se rencontrer en secret.

La Toussaint, puis Noël passèrent entre prières et incertitudes. Janvier apporta une vague de froid sur toute l'Europe. La guerre gangrenait de plus en plus de pays. L'Italie nous déclarait la guerre. La Belgique, la Norvège, la Hollande capitulaient...

Marcellin survolait les titres, bougonnait, tapait du poing sur la table et, pour oublier cette guerre qui le dépassait totalement, se rendait sur ses terres pour crier davantage.

En juin 1940, les Allemands occupaient Paris. Pétain demandait l'armistice.

– Cette fois, on est cuits, dit Marcellin, ils vont descendre jusqu'ici.

Le 18 du même mois, Marcellin entendit par hasard l'appel du général de Gaulle, un inconnu qui donnait l'ordre de résister à l'envahisseur et de le rejoindre. « Il a bien du culot, celui-là, mais comment résister ? C'est un illuminé, il va se faire descendre. » Puis le pays fut coupé en deux zones. La zone occupée au nord et à l'ouest, la zone dite libre au sud-est. Pétain avait négocié... L'armistice fut signé le 22 juin.

Paul fut mobilisé à son tour et quitta les Trois Marches à l'automne.

– Chune, nous comptons désormais sur toi, dit Marcellin. il n'y a plus personne pour nous aider. Nous ferons ce que nous pourrons.

– Il faut remplacer les hommes, ce ne sera plus comme avant, mais nous prendrons ceux que nous trouverons, il y en a qui refusent de partir, faut qu'ils travaillent, à nous de les chercher.

– Tu as raison ma fille, oui, je n'y avais pas songé, la ferme ne doit pas pâtir et elle ne pâtira pas.

Quelque temps après le départ de Paul, une lettre arriva aux Trois Marches. Paul donnait de brèves nouvelles, parlant de l'est du pays. « *Ça ne durera pas très longtemps, nous l'espérons tous ici. On reprendra alors les travaux de la propriété et mieux qu'avant. Avec Chune, nous ferons un grand domaine des Trois Marches.* »

Marcellin dut se faire violence pour endiguer son émotion.

Quant à Chune, elle continuait à rencontrer Laurent, tout en sachant fort bien que...

Puis Laurent fut mobilisé lui aussi. Il ne revint pas saluer les Favre.

Chune garderait à jamais le souvenir de son départ, sur le quai de la gare. Ils ne pouvaient s'arracher l'un à l'autre, les larmes les aveuglaient. Lorsque le train l'avait emporté, elle s'était sentie déchirée jusqu'à l'âme. Au bord du gouffre.

À son retour aux Trois Marches, elle avait éprouvé le besoin d'annoncer à tous que Laurent était parti.

– Je regrette pour lui, avait dit Marcellin. J'aurais bien voulu lui serrer la main, et Julienne aussi.

La rage de la jeune fille avait alors éclaté.

– On dirait que ce n'est plus toi qui commandes ici ! sinon tu te serais expliqué avec Paul ! Mais non, tu lui as laissé faire tout ce qu'il voulait ! Laurent a été humilié et tu n'as rien dit ! Tu n'as rien fait pour le défendre ! Il avait raison, il n'a personne ! Et surtout pas toi ! Nous lui devons pourtant quelque reconnaissance, non ? Tu l'as oublié ? Il est parti plus seul que jamais ! J'espère qu'il reviendra vite, et à son retour... il ne sera plus seul, s'il veut encore de moi.

Marcellin avait gardé le silence. Il se tenait là, face à sa fille, les yeux par terre. Puis, au bout d'un moment :

– J'espère qu'on tiendra, ma fille, j'espère qu'on tiendra, ce sera de plus en plus pénible, je le crains, même si les deux domestiques nouveaux font de leur mieux, ce n'est quand même pas pareil.

Et il s'était éloigné, comme toujours, de son pas un peu plus lent que d'habitude.

Un voile tomba sur le visage de Julienne, un voile de tristesse qui ne devait plus la quitter. Depuis le départ de Paul, Marcellin ne se rasait plus. On attendait le temps au lieu de le voir passer, comme on disait alors.

Penché sur son journal, Marcellin lisait toutes ces nouvelles désastreuses. Une catastrophe mondiale ! Qui pourrait bien nous sortir de cet enfer ? Les Allemands envahissent la Yougoslavie, les Grecs capitulent, iront-ils vers l'URSS ? L'Alsace et la Lorraine sont annexées, le français y est interdit. Pétain a tout accepté d'Hitler, c'est la fin du monde... Et ce de Gaulle, que fait-il en Grande-Bretagne ?

Laurent, trop évasivement pour que Chune ne fût pas inquiète, ne donnait aucune indication sur sa situation géographique. « *Je pense à toi chaque jour, ma petite Chune, j'imagine tes yeux, ton visage, tu es mon rayon de soleil. – Donne le bonjour à ta mère* » en post-scriptum. La lettre rejoignit le coffret d'osier dont elle avait garni l'intérieur d'une cretonne à petites fleurs. Cette boîte à secrets attendait les précieuses lettres auxquelles la jeune fille répondait aussitôt.

Chez les Boislambre, Lalise n'avait reçu aucune nouvelle. Chune l'informait chaque fois de celles qui parvenaient aux Trois Marches, c'est-à-dire peu souvent. Son amie retenait son chagrin. Seule Chune, dans le secret, savait que Lalise était enceinte de son frère. Ça s'était passé la veille de son départ.

– Il a voulu quelque chose de plus, et comment refuser à un homme qui part à la guerre ? On s'est aimés, puis j'ai pleuré. Il est parti en courant de la grange où l'on s'était cachés, et depuis, plus de nouvelles. Je ne suis pas sûre qu'il m'aime, il me l'aurait écrit tout naturellement. Mes parents se sont aperçus de quelque chose, ils m'ont questionnée. Je n'ai encore rien dit, j'ai peur de parler parce que Paul ne m'aime pas, je crois qu'il s'est amusé de moi, comme d'autres garçons ont essayé de le faire. Je ne suis pas belle, alors ils veulent profiter de ma situation en croyant que je leur céderais, mais Paul...

Elle ne pouvait retenir ses larmes.

– Je vais le lui écrire, décida Chune, il faut bien l'avertir puisque personne ne le fait. Venant de moi, tout se passera bien.

– Surtout pas ! Ne fais jamais ça, on s'expliquera à son retour ! Pour mes parents, je préfère me taire en attendant, si tu m'aides un peu, je tiendrai le coup, tu veux bien ?

– D'accord, Lalise, je te promets, tu peux sincèrement compter sur moi.

Lalise fixait son amie dans les yeux :

– Et vous deux, comment avez-vous fait pour qu'il ne t'arrive rien ?

– Nous n'avons pas... comment te dire, nous avons fait le minimum. On s'est bien approchés mais... Ç'aurait été un malheur pour nous deux. C'était bien difficile de résister, ça, je peux te l'affirmer. J'avais moi aussi tant d'envie. Laurent s'est maîtrisé.

– Nous, on n'a pas pu, voilà tout.

Malgré la discrétion qu'elle mettait dans ses sorties, on s'aperçut bien vite dans le village que Lalise attendait un heureux événement.

Marcellin posa sans détour la question à sa fille :

– La petite Lalise attend un petit, ça, tout le monde peut le voir. Mais sais-tu qui est le père ?

– Non, elle ne m'a rien dit, et ça ne regarde qu'elle !

– C'est bien la vérité ? insista-t-il en la regardant au fond des yeux. Vous vous connaissez bien et entre filles on se dit souvent les secrets. Je sais que Paul...

– Je te répète que je ne sais pas, et si c'était moi qui attendais un petit, tu aimerais que les autres s'en mêlent ?

Il fronça les sourcils.

– Si tu étais dans son état et que tu ne veuilles pas me dire le nom du père, tu devrais quitter la maison !

Les Boislambre portaient désormais le malheur sur eux. Certains feignaient de ne pas les voir en les croisant, d'autres ricanaient : « Ta fille a quand même trouvé un homme ! » Un villageois, sans se montrer bien sûr, osa même apostropher Jean Boislambre : « Eh ben, tu l'as trouvé ton gendre ! Et même qu'il a eu du courage çui-là ! »

Et le malheur, dans la ferme, se transformait en silence de deuil.

Les Favre comme tous leurs voisins trimaient sur leur terre. Marcellin portait désormais une barbe confortable.

Et puis, chez les Boislambre, un enfant naquit. Un garçon que l'on prénomma Pierre.

Julienne et Chune rendirent une visite à leurs voisins avec pour le petit un cadeau, selon la coutume. Mais, en la circonstance, il y avait une tendresse de plus... Lalise hésitait, se sentait maladroite.

– Ce sera le plus bel homme du pays, déclara Julienne.

Dans ce débordement d'affection, on oublia vite que ce petit Pierre porterait seulement le nom de sa mère. Le temps aurait raison, à coup sûr, des médisances habituelles et des calomnies. Aussi les femmes entourèrent-elles de leur tendresse ce tout-petit nouveau. Chune tint sa promesse et fut récompensée par les baisers appuyés de Lalise.

De retour à la maison, Marcellin s'était contenté de demander si l'on avait des informations sur l'identité du père. Et il compta sur ses doigts... Il avait refusé de voir le petit.

Fenaisons, moissons, battages puis préparation des terres pour l'emblavement, tout se faisait presque comme avant, avec des bras nouveaux.

Au cours de l'hiver qui suivit, les parents de Mme Boislambre disparurent l'un après l'autre dans un laps de temps assez court : un mois. Une méchante grippe qu'ils s'étaient transmise. La grand-mère avait eu juste le temps de voir et de gâter de son mieux le petit Pierre qu'elle adorait. Pour elle, c'était un enfant de l'amour, et ceux-là sont les plus beaux du monde. Le grand-père, n'ayant plus toutes ses facultés mentales, ne s'était aperçu de rien ou presque.

Marcellin pensa alors que les Boislambre avaient dû toucher un héritage. Quand les vieux meurent, ils laissent toujours un bas de laine. L'envie de questionner le voisin le tenaillait mais il se retint, les temps méritaient d'autres discussions. Ce qui ne l'empêchait pas de songer à son obsession : s'approprier la ferme d'en bas, pour Paul et Chune. En réalité pour lui et son orgueil.

Peu de nouvelles des soldats. Seul un espoir démesuré tenait ceux d'ici. Au front, il se passait tant de choses que parfois on ne croyait plus à rien. Marcellin jetait certains jours son journal à terre. « Ils me le tueront ! » hurlait-il. Bien des parents auraient pu crier les mêmes mots, torturés des mêmes douleurs.

Les femmes, dans les campagnes, avaient remplacé les hommes à la terre. Personne ne s'étonnait de les voir œuvrer dans les champs, conduire les attelages de bœufs, aider à rentrer les récoltes. Chune elle-même avait pris une force d'homme, un regard plus que volontaire. Il fallait tenir et elle tenait ! Ses mains, autrefois douces, aux ongles nets, ressemblaient maintenant à celles de sa mère, griffées, écorchées, des mains d'ouvrière de la terre, à la peau rugueuse et calleuse. Plutôt que de s'en plaindre, elle en souriait parfois. Marcellin l'observait : « Elle travaille plus que Paul, c'est une évidence ! Et quand va s'arrêter cette putain de guerre ? Vous voulez prendre tous nos enfants ? Et après ? Parlerons-nous encore français ? » La colère l'aveuglait.

Les réquisitions pleuvaient, prélevant des bêtes, des provisions, du grain. Le marché noir s'installait partout. Les contrôles aussi. On assaillait les campagnes, sachant qu'elles possédaient des vivres. Puis les drames se rapprochèrent. Déjà deux jeunes du canton avaient été tués. Le maire avait apporté les terribles lettres. On entendait parler des maquis, sans bien savoir ce qui se passait.

Ce n'étaient plus les mois qui défilaient dans cette étrange guerre, mais les années.

Marcellin avait maintenant une barbe presque blanche, Julienne des rides profondément marquées. Plus d'étincelles dans ses yeux. Un jour, elle se coucha, épuisée. Elle ne regardait que le plafond, et ses yeux ne savaient que se fermer. Malgré les soins du médecin, elle alla de mal en pis.

Un matin, un soldat du village, Jacques Pariou, revint en permission pour plusieurs jours. On voulut le voir, lui demander de vive voix comment ça se passait là-bas. Il répondait à peine, surtout à ceux qui avaient des fils à la guerre, son regard semblait fixé au-delà d'eux, sur quelque chose d'invisible. Il mangeait, il marchait autour de sa maison, et dormait longtemps.

Avant de repartir, il vint aux Trois Marches. Il s'assit sur le banc de la grande table. Marcellin, le souffle court, attendait de lui quelques mots. Chune l'observait, l'émotion au bord des yeux. Il avait en effet quelque chose à dire. Il se décida enfin :

– Monsieur Favre, j'ai rencontré Paul. Nous nous sommes croisés, juste le temps de se reconnaître.

– Il faut dire ces nouvelles à ma femme qui est bien mal. Viens, suis-moi.

Et tous entrèrent dans cette chambre triste. Julienne tourna la tête vers eux, en alerte.

– Julienne, Jacques a rencontré Paul, il va bien, dit Marcellin.

– Il y a longtemps ? Où étiez-vous ?

– Il y a un mois à peu près, et nous étions là-bas, dit-il en tendant le bras vers l'est. Oui, en Allemagne. Dis-leur que je vais bien si tu peux, m'a-t-il dit, car il savait que ma permission était proche.

Julienne releva péniblement la tête :

– Et lui, il n'a pas droit à une permission ? Il n'est jamais revenu depuis sa mobilisation.

– Il espère pour bientôt, oui, bientôt. Il viendra vous voir, c'est sûr.

– Que ça me fait plaisir, Paul n'est pas mort... alors je dois me relever, je vais me relever, oui, Marcellin, il le faut !

Il y avait longtemps que Julienne n'avait tant parlé.

– Marcellin, donne-moi à boire et à manger. Merci Jacques, merci.

Celui-ci inclina la tête pour la saluer, et tous trois revinrent à la salle.

– Paul m'a beaucoup parlé de toi, Chune, oui, beaucoup parlé.

Son regard tombait sur le plancher.

Chune, n'y tenant plus :

– Et Laurent ? Tu n'as pas rencontré Laurent Sylvestre ? On a si peu de nouvelles.

– Non, je ne l'ai pas rencontré, pourtant je le connais, mais tu sais, on peut passer l'un à côté de l'autre sans se voir, et puis, on ne peut pas dire...

– Pas dire quoi ? releva Marcellin.

– Il vaut mieux pas dire les choses, mais il faut toujours espérer, c'est pas beau, monsieur Marcellin... Pas beau du tout. On peut pas raconter. C'est... atroce. Mais Laurent, non, je l'ai pas vu.

– Tu vas boire un coup, dit Marcellin. Merci d'être venu à la maison Jacques, pour ma femme c'est de l'espoir, il n'y a que ça qui peut la sauver désormais. Merci encore.

Ils trinquèrent dans un silence pesant parce que Jacques était un homme tellement différent de celui d'autrefois, tellement autre. Chune avait déguerpi et pleurait quelque part, se mordant les doigts pour ne pas crier, ces pauvres doigts aux phalanges craquelées par le travail démentiel de la ferme.

Jacques ne voulut pas manger, il repartit vers sa maison, couler en paix les dernières heures qui le séparaient de l'enfer.

Cette visite provoqua un miracle aux Trois Marches. L'attitude de Julienne changea du jour au lendemain. Elle voulait vivre maintenant, elle voulait revoir son fils, cet enfant qu'elle avait cru mort parce qu'une nuit, elle l'avait vu ainsi en rêve. Elle retrouva des forces, revint à table pour les repas et reprit goût au travail.

Marcellin prit la grande décision, l'achat d'un tracteur. C'était le moment. Tout irait plus vite et avec moins de peine, plus besoin d'atteler les bœufs, enfin le moins possible.

Il se rendit à la ville voisine pour se renseigner, trouver un vendeur et négocier cet achat qui ne s'avéra pas facile. Puis on attendit la livraison de l'engin. Chune se réjouissait et prévoyait déjà de conduire la machine, toujours attirée par la mécanique.

– Tu oserais grimper sur le tracteur ? Lui rabâchait son père. Tu ne sais même pas comment ça marche !

– Et toi, papa, tu le sais ? Alors nous serons deux à apprendre. Il est temps de labourer, je suis impatiente.

Lorsque le tracteur arriva, les Boislambre s'approchèrent pour admirer le progrès. Beaucoup de bruit, bien trop de bruit, et il en consommait du pétrole ! Dans ses flancs, 40CV de puissance, des roues de rechange en fer. Pour une première fois, Favre créait l'événement.

Les essais se firent pour les labours. Une merveille ! La double charrue tranchait le sol, un seul conducteur suffisait à bord. Chune essaya rapidement et fut enchantée.

– Je ferais ce travail toute la journée, je suis faite pour ça !

Julienne laissait faire. Elle attendait.

– Quand Paul reviendra, il sera tellement surpris ! dit-elle.

– Je vais le lui annoncer dans une prochaine lettre, dit Chune, nous ferons du bon travail avec cet outil. Tirer l'extirpateur et la herse sera désormais un jeu d'enfants.

– Il y aura quand même le pétrole à payer, reprit Marcellin qui ne pouvait s'empêcher de laisser parler sa pingrerie.

– Tu pourras te séparer de tes bœufs et les remplacer par du matériel adaptable au tracteur, reprit Chune.

Le monstre de fer et de bruit s'apprivoisa rapidement.

En novembre 1942, la Wehrmacht franchissait la ligne de démarcation, la zone libre n'existait plus. À Toulon, la flotte française se sabordait. La guerre n'avait plus de bornes, plus de limites, et rien n'annonçait la moindre accalmie, si ce n'étaient quelques bombardements anglais sur l'Allemagne.

En janvier 1943, la conférence de Casablanca réunit Roosevelt, le général Giraud, de Gaulle et Churchill, afin d'en terminer avec le conflit. Le communiqué final à la presse fixait – entre autres –, comme but à l'opération, la capitulation sans condition de l'Allemagne. Marcellin s'accrocha à cette lueur d'espoir, cette étoile dans l'immensité des ténèbres. « Serait-ce possible, enfin ? »

Des Allemands, les nouvelles étaient terrifiantes. On torturait les résistants, on fusillait, on pendait les maquisards.

Ne parvenaient aux Trois Marches que quelques bribes du grand désastre, très éloignées de la réalité profonde. Chune attendait chaque jour les lettres de Laurent, son seul but. Julienne reprenait espoir.

Et Robin des Bois disparut. Les miliciens étaient venus le cueillir et depuis, Esmeralda n'avait aucune nouvelle. Elle venait de temps à autre aux Trois Marches demander si Paul ou Laurent avait écrit. Elle s'était liée d'amitié avec Chune et connaissait son amour secret. Toutefois, la jeune fille était intriguée par l'insistance de la bohémienne.

Chune reçut une nouvelle lettre. Son cher soldat travaillait dans une ferme, si loin qu'il ne savait pas le nom de cette région. « *Tu es toujours dans mon cœur, ma petite Chune, tu es mon espoir et c'est pour toi que je tiens.* » Puis des détails insignifiants. « *J'ai rebâti et consolidé une dépendance de la ferme, les gens sont contents de moi.* » Chune lut et relut cent fois la page et y répondit, espérant toujours qu'elle lui parviendrait. Marcellin savait l'inquiétude de sa chère fille :

– Dis-lui qu'on ne l'oublie pas...

Paul inquiétait davantage les Favre. Rares étaient les

lettres, plus chiches encore les détails. Il n'était pas venu en permission.

Les Allemands capitulèrent à Stalingrad. Les anciens poilus de 14-18 se frottaient les mains, eux qui connaissaient les abominations d'une guerre, tout en avouant que jamais l'ennemi n'avait été aussi barbare, aussi inhumain. Et la milice, cette organisation paramilitaire aux ordres de Vichy, n'était pas en reste. Une horreur de plus à l'actif des Français !

Sous le coup des réquisitions, une grande partie du bétail avait quitté la ferme.

– Les Allemands sont dans le pays, dit Marcellin, ce qui ne fait pas baisser le marché noir.

Mais il craignait surtout pour sa fille. Il voulut la mettre en garde.

– Les hommes te chercheront, certains voudront profiter de toi, c'est ainsi dans toutes les guerres, mon enfant, prends bien garde à toi, ne t'éloigne jamais seule.

Malgré sa force d'homme, consciente du danger, Chune demeurait prudente.

Les Allemands connaissaient maintenant de cuisantes défaites, mais s'accrochaient.

En juin 1943, Jean Moulin fut arrêté.

Marcellin et Julienne marmonnaient entre eux plutôt qu'ils ne parlaient, évitant ainsi que Chune comprenne à quel point leur moral sombrait dans les abîmes.

Dans cette cour de ferme, envahie de vieilles choses, Julienne vit un jour apparaître une silhouette d'homme à l'allure lente et pénible, qui s'approchait de la maison. Tatou n'avait pas aboyé. L'homme, visiblement exténué, s'arrêta soudain et fit un léger signe de la main. Elle s'en approcha de manière prudente et, à quelques mètres, le reconnut enfin.

– Firmin ! Firmin ! ne put-elle s'empêcher de crier, et sans plus de façons, le serra dans ses bras.

– Vous êtes donc revenu !

Il acquiesçait simplement de la tête, presque gêné. Elle appela Marcellin et Chune à grands cris.

Lorsqu'il aperçut son ancien maître, Firmin eut un mouvement de surprise.

– Je ne vous aurais jamais reconnu avec cette barbe toute blanche, non, je ne vous aurais pas reconnu.

– Je ne me rase plus depuis que Paul a été mobilisé, ça fait un bout de temps !

Il y eut un silence, au cours duquel ils songèrent au fils, à son visage... Était-il aussi épuisé, aussi dévasté que l'homme qui s'asseyait péniblement à la table... ?

Il mangea et but, sans un mot.

– Prends tout ton temps, lui disait Marcellin, rien ne presse.

Alors il regarda les Favre, l'un après l'autre, puis :

– Est-ce que vous avez besoin de moi ? Je pourrais comprendre que... j'ai aperçu le tracteur, vous l'avez donc acheté !

– Bien sûr que tu as ta place chez nous ! s'écria Marcellin. Nous avons grand besoin de bras. Ta chambre t'attend, il faudra peut-être y mettre un peu d'ordre, simplement. On s'arrangera avec ceux qui t'ont remplacé momentanément, c'était convenu, ne t'inquiète donc pas. Tu apprendras à conduire le tracteur, comme Chune.

– Si ça ne vous fait rien, je commencerai demain. Je tombe de fatigue et de sommeil. Mais où est Paul ? demanda-t-il subitement.

On lui raconta sa mobilisation et la rareté de ses lettres. Pour Laurent, Chune lui raconta aussi.

Tatou s'était blotti contre ses jambes, sa manière sans doute de lui souhaiter la bienvenue.

– Lui aussi a vieilli, mais il m'a reconnu, je n'en reviens pas, ajouta Firmin.

Il demanda aussi ce qu'était devenu Maurice. Personne ne savait.

Les Favre le conduisirent à sa chambre, la préparèrent, et l'homme barbu d'une huitaine les remercia. Il s'étendit sur la paillasse et s'endormit profondément, aidé en cela par le vin du repas.

– Voilà une bonne nouvelle, affirma Marcellin. Nous allons pouvoir nous y remettre de plus belle.

– Nous avons pourtant fait pour le mieux, réagit Chune, avec cet air qui voulait dire « plus que le maximum ».

– Bien sûr, bien sûr, s'excusa Marcellin, tu es tellement courageuse, mais avec Firmin, tu pourras mieux prendre ton temps, nous nous organiserons autrement, c'est un homme de confiance.

Et s'adressant à sa femme :

– Bientôt ce sera Paul qui reviendra. On va les écraser ces boches, les renvoyer dans leur putain de pays !

– Calme-toi, Marcellin, calme-toi, tu pourrais porter malheur en le disant trop tôt !

Les mauvaises nouvelles les faisaient frémir. Ils apprirent la mort de plusieurs jeunes gens de la contrée.

Julienne priait pour le retour de Paul et celui de Laurent.

Après deux journées entières de sommeil, Firmin reprit contact avec la ferme.

– Quel bonheur de respirer à nouveau cet air de chez nous, l'air de la ferme, des étables, même l'odeur du fumier, des chemins, des prés et des champs, l'odeur des légumes dans le jardin.

Et il s'emplissait les poumons avec une jouissance visible.

Chune et Julienne lui procurèrent des vêtements et il se trouva bien ainsi, même un peu déguisé. On attendait qu'il raconte, qu'il explique ce qu'il avait vu, subi, la guerre, les combats, les obus. Et surtout comment il se trouvait là, alors que la guerre continuait à faire rage. Avait-il déserté ?

Sous la pression des regards, il annonça un jour qu'il rayait de ses souvenirs ces temps passés et qu'il n'en dirait plus un mot.

– Faut respecter le silence de ceux qui ne reviendront pas, déclara-t-il.

Personne n'osa contrer cette philosophie qui en valait bien d'autres.

Avec le retour de Firmin, Marcellin avait entrepris de nouvelles tâches. Un champ laissé en friche avait été labouré et semé. On avait remis de l'ordre dans la ferme et ses bâtiments, mais au fond du cœur, on attendait les lettres de Paul, de Laurent pour Chune. À la radio, on parlait de De Gaulle qui s'imposait face à Giraud.

– Je ne comprends plus rien à toutes ces politiques, hurla Marcellin. Pendant que nos enfants sont au front, les politiciens font la pluie et le beau temps, ah ! ils ont le beau rôle. Et la milice par-dessus tout ça ! Dans quel camp faut-il être pour survivre ?

– Mon pauvre Marcellin, nous ne sommes que des paysans, nous subissons toujours sans rien savoir, parce qu'ils nous disent ce qu'ils veulent ! La vérité on la saura bien plus tard, et encore ! Il faut attendre, vivre comme on peut, et pour le reste, à la grâce de Dieu...

– Moi, je veux vivre, dit Chune. On a tenu jusqu'à aujourd'hui, et il y a pire que nous. Lalise a un petit à élever, c'est bien dur aussi, et pour toutes ces familles qui ont perdu des enfants, c'est bien plus terrible encore ! Nous, nous n'avons perdu personne !

Firmin demanda, avec une maladresse pataude :

– Le père du petit, il est à la guerre ?

– Il n'y a pas de père, intervint Chune. Je veux dire pas de père connu.

Firmin baissa la tête, réfugié dans un silence gêné.

Aux Trois Marches, la pendule n'avait pas subi la nouvelle heure, l'heure de Vichy, l'heure allemande. Une forme de résistance passive.

Durant ce mois de juin 1943, les SS massacrèrent, pillèrent et incendièrent Murat, par deux fois. On pouvait trembler dans le pays auvergnat. Les maquisards s'organisaient.

Le quotidien cessa de paraître le 26 août 1943, sabordé par son propriétaire et rédacteur en chef Alexandre Varenne, qui refusa les pressions et la censure de l'occupant.

Par un après-midi d'octobre, une voiture s'arrêta dans la cour des Trois Marches.

Trois hommes en descendirent et deux se présentèrent à la porte des Favre. Ne trouvant personne, ils se dirigèrent vers les hangars, puis vers l'étable. L'un d'eux, assez jeune, portait une barbichette noire et assurait le commandement.

Marcellin s'occupait d'un tout jeune veau avec Firmin. L'homme se présenta comme membre du maquis du Rieu. Marcellin n'avait pas entendu parler de ce groupe mais, comme il n'était pas informé de tout ce qui se passait dans la région, il n'insista pas.

– Nous réquisitionnons des provisions, nous avons le carnet à souches pour le paiement, rassurez-vous.

Sans bruit, Firmin quitta l'étable, protégé par une obscurité due à l'économie de l'électricité et fit semblant, avec une fourche, d'aller charger une brouette de fumier. En réalité, il alla prévenir Chune de se cacher le plus vite possible. Le troisième homme se tenait toujours près de leur véhicule.

Lorsque Marcellin sortit de l'étable, accompagné des deux maquisards, il ne perçut pas l'impatience du chef, sa manière de le questionner sur sa famille.

– Je suis le capitaine Lacanne, affirma le grand, le barbu. Voyez avec mon second ce que vous pouvez nous fournir.

Marcellin n'eut pas le temps de réagir qu'il se trouvait déjà dans la cave à provisions. Le capitaine Lacanne fit signe à l'autre homme de ne laisser entrer personne dans la grange. Il avait vu Chune s'y réfugier. Le coup, finement monté et calculé, devait fonctionner.

Il entra dans la grange, referma la porte derrière lui, et chercha celle qu'il convoitait. Chune, tremblante, recouverte de foin, retenait son souffle. Un moment passa puis elle entendit la porte s'ouvrir et se refermer. Au moment où elle se dégageait, se croyant seule, elle eut devant elle ce grand gaillard au sourire victorieux.

– Alors Chune, comme on se retrouve, dit-il en ôtant son étrange chapeau.

À cet instant, elle le reconnut.

– Albert Dastre ! Vous êtes Albert Dastre ! Que me veux-tu ? dit-elle en oubliant le vouvoiement des premiers instants.

– Toi, seulement toi. Je te l'avais promis un jour, je t'avais dit que je t'aurais. J'ai bien fait d'attendre, tu es une jolie fille, désirable comme je les aime et comme je les prends.

– Mais tu es du maquis, n'est-ce pas ? Tu ne peux pas...

– Il y a des maquis partout, des miliciens et le reste... On vit comme on peut. Allez, viens ! lui ordonna-t-il, je ne suis là que pour ça. Inutile de crier, on s'occupe de tes parents, sois plutôt coopérative !

Il ôta sa veste et se rua sur elle. Sous le choc, tous deux tombèrent sur le plancher recouvert d'un matelas d'herbes sèches.

– Tu peux crier, crie donc, tu feras rire mes amis qui attendent leur tour, faut pas être égoïste, n'est-ce pas ?

Se débattant de toutes ses forces, elle ne put empêcher que l'homme lui retroussât ses jupes. Elle se tordait, roulant sous lui, son visage presque collé au sien.

– Ce cher Paul n'est pas là pour te défendre, cette fois, tu résistes bien mais ça ne durera pas longtemps.

Il allait triompher et son souffle incontrôlé la révulsait. Il parvint à défaire son pantalon.. À cet instant précis, il sentit sur sa nuque la pression d'un métal froid qui ne laissait aucun doute. Il s'immobilisa. Dans son affolement, Chune n'avait pas aperçu son sauveur. Chune sut alors à qui elle devait sa délivrance : Firmin.

Sous la menace de son arme, il laissa l'agresseur se relever. Chune tremblait, rouge de honte et de fureur.

– Firmin, Firmin...

Il lui fit signe de se taire.

– Rappelle tes hommes, qu'ils te voient pour la dernière fois.

Pris de court, Albert obéit. Alors que les deux autres se dirigeaient vers la porte de la grange, celle-ci s'ouvrit. Le faux maquisard voulut se ruer dans l'ouverture, mais au moment de franchir le seuil une double décharge le cueillit dans les reins. Son cri lui resta dans la gorge, et il s'écroula dans son sang.

Les deux autres, sans demander leur reste, reculèrent puis s'enfuirent à toutes jambes, abandonnant leur véhicule.

Chune se jeta dans les bras de son père en attirant Firmin contre elle.

– Oh papa, si Firmin n'avait pas été là !

Le menton de Marcellin tremblait, il se contenta d'écraser sa fille contre sa poitrine.

– Te voilà tranquille avec ceux-là, dit Firmin, ils ne reviendront pas de sitôt. J'avais reconnu l'Albert au premier coup d'œil, je savais qu'il rôdait par ici.

– Vous saviez... mais... comment ? demanda Chune.

Firmin posa son index sur ses lèvres. Il ne voulait rien dire.

À la nuit tombée, Firmin chargea le cadavre dans la voiture, s'assit au volant et disparut avec son chargement. Il ne reparut qu'au matin.

Quelques jours plus tard, on apprit au pays qu'on avait retrouvé une voiture brûlée avec un corps calciné à l'intérieur, près d'un village. Aux Trois Marches, personne n'avait rien vu, et Firmin travaillait comme à son habitude. Chune lui souriait davantage, avec des marques d'affection et de reconnaissance particulières qui allaient droit au cœur de Firmin.

Un mois plus tard, un autre groupe d'hommes arriva au hameau. Chune trembla de peur jusqu'au moment où l'un d'eux lui dit :

– N'aie crainte, Chune, nous sommes des amis !

Qui pouvait bien la connaître pour l'appeler ainsi

par son surnom ? Firmin, tout proche, souriait à l'approche des hommes.

– Maurice ! cria soudain Chune, Maurice !

Il se mit au garde-à-vous pour annoncer en riant :

– Capitaine Fougère, pour vous servir et vous protéger, Maurice n'existe plus !

Et il embrassa affectueusement la jeune fille. Il s'empressa de demander des nouvelles de Paul, de Laurent, et se montra inquiet de l'absence de courrier. Chune, n'y tenant plus :

– Vous êtes capitaine ? Expliquez-moi...

Alors Maurice, surnommé le capitaine Fougère, conta son histoire, rappelant au passage ses souhaits de gloire et de conquêtes... Il n'avait pas de galons, mais son nom faisait partie de sa couverture de maquisard.

– Souvenez-vous, je voulais vivre un destin extraordinaire. Cette guerre, je voulais la faire et la vivre autrement. Je me suis évadé des camps français, j'ai erré, et j'ai entendu parler d'un général qui refusait ce que le gouvernement acceptait.

– Vous l'avez rejoint ? demanda Julienne qui n'en perdait pas une miette.

– Oui. Pas sans difficultés, mais je l'ai fait. On m'a confié une mission. Après cette expédition, le Général m'a reçu et j'ai continué. Je ne devrais pas vous raconter ma vie, mais après ce que vous avez fait avec l'aide de Firmin contre les faux maquisards, je sais que je peux compter sur votre silence. La guerre est loin d'être terminée, je dois rejoindre d'autres partisans.

Il savait tout !

Puis les maquisards du capitaine Fougère reprirent la route, non sans avoir trinqué à la victoire future, il ne pouvait en être autrement.

Un dernier signe de la main, la voix de Julienne qui s'enrouait :

– Bonne chance à vous tous !

Et l'auto disparut au détour du chemin, laissant le petit monde des Trois Marches à ses pensées, ses espoirs, et aussi à ses questions : « Qui était donc Firmin ? » Une sorte de complicité semblait le lier à Maurice, mais on savait qu'il ne répondrait jamais aux questions qui brûlaient les lèvres. Il annonça calmement qu'il aurait beaucoup de travail pour fabriquer des paniers et raccommoder ceux qui n'en pouvaient plus... Et on le laissa faire à sa guise.

Chez les Boislambre, le petit Pierre allait vivre son deuxième Noël. Dans leur cantou, on se resserrait près du feu, redressant çà et là les tisons mangés par les flammes.

Chune vint offrir au petit son cadeau de Noël, un joli lainage qu'elle avait tricoté, et un jouet en bois, pour la joie du bambin et le bonheur de Lalise. Les Favre et les Boislambre s'étaient absentés pour se rendre à la messe de minuit, tandis que les deux jeunes femmes demeuraient près du feu, à bavarder et surveiller le bambin, qui s'endormit bientôt, le jouet serré contre lui.

Paul n'avait jamais écrit à Lalise. Elle savait qu'elle n'avait pris aucune place dans son cœur.

– À son retour, dit-elle, je ne le regarderai même pas, il mérite l'indifférence totale. Je voudrais changer de vie, partir dans une grande ville, à Paris, comme d'autres. J'attends que Pierre soit plus grand. Je ne veux plus jamais revoir ton frère.

L'expression de son visage s'était transformée avec le temps et les épreuves. Un voile de dureté jouait dans le regard qu'elle posait maintenant sur le monde.

– Si tu pars, tu me manqueras, Lalise. Nous sommes plus que des amies, et petit Pierre m'est si proche...

– Une fille mère, ça ne vaut pas grand-chose dans nos campagnes, je n'ai aucun avenir. Mes pauvres parents en souffrent, alors nous serons mieux loin d'ici, Pierre et moi. Celles qui sont parties à Paris ont une belle vie, regarde la Marcelle Voiry, elle a commencé comme serveuse et elle a épousé le premier serveur, ils viennent en vacances bien habillés.

– Souviens-toi aussi de Janine Castagnière, elle sert toujours les clients dans la même boulangerie depuis le début ! Tu te vois, toi, dans une boutique du matin au soir sans respirer le bon air ? Moi, je ne pourrais jamais !

– Quand elle vient voir ses parents, elle a de belles robes, elle a un ami riche qui lui fait des cadeaux que tu n'imagines pas.

– On dit aussi qu'elle est obligée de coucher avec son patron, ça s'est raconté. Il peut lui offrir des robes de temps en temps ! Et le Jeantou des Cases, tu sais ce qu'il fait ? Il cire des parquets pour les bourgeois. Je n'appelle pas ça une réussite. Vois-tu, je préfère trimer à notre ferme. Qu'auraient fait mes parents si j'avais quitté la maison, ils seraient peut-être morts.

– Je ne sais plus où j'en suis. Je travaille comme toi, nous n'avons pas d'homme à la maison, mon père comme le tien ont échappé de justesse à la guerre. Qui voudra de moi ? Un vieux cochon tout bourru ? Un handicapé ? À ce propos, je vais te dire ce qui m'est arrivé la semaine dernière, oui, on m'a proposé un homme ! dit-elle avec un sourire coquin.

– Un vrai jeune homme ? Il n'y en a plus dans le pays !

– Justement. Le père Carvassière des Rivières a rencontré mon père, il voulait parler affaires, disait-il. Le dernier de ses fils, qui a des problèmes...

– Le fada ? Le fou des Rivières ? coupa Chune.

– Oui, ma pauvre Chune, celui-là même, plus de quarante ans et loin d'avoir toutes ses facultés. Il l'a présenté à mon père comme un garçon légèrement en retard, mais pas méchant le moins du monde. Il disait aussi que c'était une bonne action de me prendre dans sa famille avec mon petit Pierre. On devait même lui en être reconnaissant.

– Il ne manque pas de culot, il est plus qu'en retard le Riri, il est complètement anormal, j'en ai peur lorsque je le croise le soir.

– Moi aussi je le crains quand il fait des gestes bizarres, parfois obscènes.

– Ils ont du culot de te proposer de le marier ! Ils croient avoir tous les droits avec leurs sous.

– Mon père m'a alors parlé, il devait le faire. J'ai refusé, j'ai menacé de m'enfuir tout de suite s'il insistait, mais il a été de mon avis. Un non catégorique ! Il m'a serrée dans ses bras et m'a assuré sa maison pour toujours.

– Tu m'as fichu la trouille. Je t'aiderai, tu pourras toujours compter sur moi, Lalise, et ton pitiou avec.

En ce début d'année 1944, alors que Firmin s'activait à la vannerie, les Favre reçurent la visite d'un permissionnaire. Celui-ci apportait des nouvelles de Paul, mais son comportement laissait planer un mystère. Il demanda discrètement à parler en tête à tête avec Marcellin. Très inquiétant. Après son départ, Julienne questionna son mari jusqu'à obtenir des réponses... Paul avait été gravement blessé dans un bombardement en Allemagne. On le soignait dans une sorte d'hôpital et si ses jours n'étaient pas en danger, de graves séquelles demeureraient. Il n'en dit pas davantage. Paul le lui avait ordonné.

– Ça veut dire quoi des séquelles ? Marcellin, réponds-moi, suppliait-elle.

– Je n'en sais pas davantage, il faut attendre.

– Attendre, toujours attendre ! je n'en peux plus d'attendre ! Et maintenant je suis sûre que Paul reviendra estropié, s'il revient... Cette visite, c'était pour nous préparer au pire.

– Il pourra quand même se servir du tracteur, nous avons bien fait de l'acheter et au bon moment ! ajouta Marcellin.

Chune n'arrivait pas à consoler sa mère. Firmin pouvait mieux deviner que d'autres ce que cachaient les mots de « graves séquelles ». Il demeurait silencieux, comme à son habitude. Julienne Favre perdit tout espoir et s'alita une nouvelle fois, refusant toute nourriture. Elle dépérissait à vue d'œil.

Un matin, le facteur apporta une lettre de Paul.

« *Ce n'est pas moi qui écris cette lettre mais un ami. J'ai un petit problème à la main droite, mais ne vous faites pas de soucis, je m'en remettrai, comme toujours. À part ça, je vais pour le mieux et je pense chaque jour à vous. Je sais qu'un camarade est venu vous donner des nouvelles. Cette guerre finira bientôt et je serai alors heureux de vous serrer dans mes bras ainsi que ma chère Chune.* »

Julienne écouta la lecture de ces lignes écrites par un autre, pour la première fois. Firmin essaya de la rassurer. Cette méthode s'employait souvent à la guerre.

À l'aube du jour suivant, corps et âme vaincus par le chagrin, Julienne cessa de vivre. Le mois de février 1944 était à sa moitié.

La terre gelée se referma sur le cercueil accompagné par tous les gens des alentours. Les Trois Marches portaient le deuil.

Marcellin ne tourna plus le bouton de la TSF. Augustine assurait les repas pour tous et Chune partageait tous les travaux de la ferme. On se levait, on travaillait, on mangeait et on dormait. Sans joie. La campagne avait beau s'envelopper de feuillages, de fleurs, de chants d'oiseaux, les Favre ne voyaient rien, pas même le ciel bleu des beaux jours. Les Boislambre demeuraient discrets, à chacun ses misères.

Un matin, Chune trouva son père assis sur le vieux mur de pierres, près des hangars, le regard vide, les mains appuyées sur ses genoux. Sa barbe toute blanche lui donnait un air de prophète. Comme il avait vieilli le père Favre !

Il ne bougea pas à l'approche de sa fille. Elle s'assit près de lui, tout contre. Et attendit.

– Je me demande ce que va devenir notre propriété, ma fille. Moi qui avais tant d'ambition pour elle ! Regarde ce que nous sommes devenus. Je la voulais bien plus grande, la terre, oh ! Oui, je la voulais grande. Si au moins ton frère revenait, et sans handicap !

– Il faut garder espoir, papa. J'en ai pour nous tous. Cette guerre finira bien, et nous la continuerons cette propriété, les Favre ne sont pas encore foutus et les Français ont besoin de nos champs pour manger et revivre !

Il ne la regarda pas. En s'éloignant, elle laissa glisser sa main sur l'épaule de ce père silencieux.

Sans doute réconforté, il se rendit chez les Boislambre pour bavarder un moment.

Plusieurs hommes discutaient là de manière anormale, en faisant de grands gestes excités. « Le débarquement a commencé en Normandie, apprit-il. Il paraît que c'est terrible ! » Marcellin qui n'écoutait plus la TSF le regrettait déjà.

– Des milliers de bateaux arrivant d'Angleterre ont rejoint les côtes françaises, les Américains vont nous libérer, cette fois c'est certain, braillait un homme.

– Faudrait tant d'hommes et de matériel pour chasser les boches, que moi, je n'y crois pas, c'est de la propagande, encore une fois. Depuis qu'on nous en parle...

– Je veux y croire, disait Boislambre, il le faut.

– Croyez-vous que de Normandie, on puisse les repousser jusqu'en Allemagne ? Ils sont partout maintenant. On nous a dit qu'il y en avait à Aurillac, à Saint-Flour.

– Et moi qui n'écoute plus les nouvelles, je ne sais rien, c'est vrai. Je deviens égoïste depuis que ma femme est morte, je ne pense qu'à une chose : que mon fils revienne.

– On y arrivera, Favre. Il n'y a pas de guerre qui ne se soit pas arrêtée un jour. Tu le reverras, ton fils !

Mais dans la tête du père, l'incertitude et le doute, parfois le désespoir, prenaient trop de place. Les hommes quittèrent les Boislambre pour s'en aller discuter ailleurs. Marcellin entra pour saluer les femmes.

Le petit Pierre le regardait bizarrement.

– C'est sans doute votre barbe de Père Noël qui l'impressionne, avança Lalise.

– Lorsque Paul reviendra, je la couperai, mais pas avant.

Autour d'un verre de vin, les deux hommes, inquiets, tentaient de comprendre la situation.

– Moi, je n'écoute plus la TSF, et pas de journal à lire, je ne m'en porte pas plus mal, même si des fois...

– Les maquis s'organisent dans notre Auvergne qu'ils appellent la région 6. Ils se regroupent vers la Margeride.

– Je suis pessimiste pour Paul, je n'ai guère d'espoir de le retrouver comme avant.

– Quelle putain de saloperie cette guerre !

Lalise eut un sursaut, mais fit semblant de ne pas avoir entendu. Elle ne voulait pas entendre parler de Paul.

Les troupes allemandes remontaient du sud et marquaient leur passage de tueries sanglantes.

Quelques jours plus tard, on annonça les terribles accrochages au sommet de la Margeride, au mont Mouchet où avaient convergé les maquis des quatre départements auvergnats. Plus de deux cents maquisards tués, les maisons des villages incendiées, les villageois fusillés. On apprit par Firmin que le capitaine Fougère les avait rejoints, sans autre précision. Et les jours suivants, il y eut les massacres de Tulle et d'Oradour-sur-Glane. L'ennemi faisait payer très cher le débarquement des alliés.

Marcellin Favre écoutait de nouveau les bulletins d'informations, avec Firmin.

6

La chaleur plombait le pays tout entier en cette fin août 1944.

Sur le chemin qui menait aux Trois Marches, juste un léger bruit de pas qui butaient parfois sur les cailloux. Un homme avançait lentement, retenant presque son allure à l'approche des maisons.

Face à lui maintenant : Les Trois Marches ! À quelques mètres de la maison, il s'appuya contre un mur et la contempla, dans ce silence lourd du plein été. Un chien le regardait, mais n'aboyait pas.

Soudain, levant les yeux, il aperçut une silhouette dans l'encadrement de la porte, une haute silhouette avec une barbe blanche.

Marcellin sursauta lorsqu'il reconnut le maire de sa commune. Leurs regards se rencontrèrent, et Favre comprit immédiatement.

– Mon pauvre Marcellin, j'ai pas la bonne place ces temps-ci, je n'ai que de tristes nouvelles à apporter à mes administrés. Il te faudra du courage, c'est le deuxième cette quinzaine. C'est ton pauvre Paul...

Marcellin accepta la poignée de main par automatisme, submergé par le désespoir.

– Voilà le papier que je dois te remettre, Marcellin.

Pendant que Marcellin essayait d'apercevoir les lignes à travers ses larmes, le maire posait sa main sur son épaule, en réconfort silencieux. Favre lisait et relisait.

– Ils me l'ont tué ces salauds, gronda-t-il, ils ne me le rendront jamais, Julienne avait raison, ma pauvre femme avait deviné qu'ils ne se reverraient plus.

Puis après un long silence :

– Ils ne disent même pas où il est tombé... Et son corps, est-ce qu'on nous rendra son corps ?

– Je ne peux pas te le dire, mon pauvre Marcellin, je n'en sais rien.

À cet instant Chune apparut. Apercevant la stupeur de son père elle cria de loin :

– Papa ? Que se passe-t-il ?

– C'est Paul, dit le maire, c'est pour Paul que je suis venu. Un malheur de plus pour nous tous.

Elle ne put se contenir :

– Il n'est pas mort ! cria-t-elle, les yeux dilatés par l'horreur.

– Il est mort, répéta son père en la prenant dans ses bras.

Chune réussit à maîtriser tant bien que mal ses sanglots, pour ne pas aggraver la peine du père. Elle serrait le vieil homme de toutes ses forces, comme pour lui rappeler qu'elle était encore là et qu'il ne serait pas seul.

Le maire s'en retourna, les laissant là, anéantis.

Ils entrèrent dans leur maison pour s'y cacher. Marcellin arrêta la pendule et la voila d'un linge sombre.

Lorsque Firmin et le second domestique entrèrent, ils comprirent tout de suite. Firmin ne dit pas un mot, mais s'approcha de son patron. De son bras solide, il entoura ses épaules, et son hochement de tête en disait bien plus long que tous les discours. Il embrassa Chune, et laissa échapper :

– Ma pauvre petite Chune...

Le second de Firmin, dominé par l'embarras, n'avait osé s'avancer.

Marcellin se leva et dit :

– On va continuer de vivre en attendant, il n'y a que ça à faire.

Que voulait-il dire par ces mots ? Chune se leva à son tour. Puis ses pensées allèrent vers Lalise. Elle irait la voir demain, oui, pas ce soir, demain.

Les yeux grands ouverts sur l'obscurité de sa chambre, Chune ne cherchait même plus le sommeil. Trop de pensées se heurtaient en elle... Paul n'avait pas aimé Lalise, aurait-il appris qu'elle attendait un enfant, et qu'il était père, que ça n'aurait pas changé grand-chose. Il aurait sûrement nié. De gros nuages noirs chargés de chagrin et de tourments s'amoncelaient dans sa pauvre tête. Elle s'endormit enfin, d'épuisement, entrevoyant un sombre avenir pour les Favre.

Le lendemain, Chune descendit porter la nouvelle chez les Boislambre.

– Ton père avait raison de se tracasser, dit Boislambre, il le pressentait, il me l'avait dit.

Lorsque Lalise entra, tenant le petit Pierre au bout de sa main, tout joyeux, elle aperçut le visage de son amie et devina un drame.

– Que se passe-t-il ? questionna-t-elle, le cœur battant.

– Mon frère ne reviendra pas. On a reçu la nouvelle par le maire hier soir.

Lalise accusa le choc mais se ressaisit rapidement. Elle entraîna Chune au-dehors, laissant son petit aux bras de sa grand-mère. Puis toutes deux s'enlacèrent, très fort.

Choquée par la brutalité de la nouvelle, Lalise se contrôlait mal, et s'accrochait de toutes ses forces à Chune. Elle comprit qu'enfoui sous la rancœur et l'amertume, elle avait conservé un espoir, minuscule, qui à présent s'évanouissait à jamais. Aurait-elle dû lui dire dès la naissance de son fils ? Dès le début de sa grossesse ?

Elles s'assirent sur le bord du chemin, épaule contre épaule. Lorsque le chagrin qui lui labourait le corps lui permit enfin de parler, Lalise demanda :

– Je ne veux qu'une chose, Chune, ta confiance et ton amitié. J'en aurai besoin pour vivre et pour affronter l'avenir. Mon dernier espoir vient de mourir lui aussi. J'ai été folle d'y croire, complètement folle ! Il n'y a que toi qui sais pour le petit Pierre.

– Compte sur moi, Lalise, je te le jure sur ton petit Pierre, dit-elle en l'embrassant.

– Et toi, ma chère Chune, toi qui aimais tant ce frère, tu es la seule qui savait que nous l'aimions à deux, chacune à sa manière.

Puis elle tourna les talons, rejoignit son fils qu'elle serra longuement contre elle.

– Il faut que nous soyons forts tous les deux, très forts. Ton père ne parlera plus jamais, il ne m'a pas aimée, mais moi je t'aimerai pour deux !

La nouvelle du deuil se propagea. Marcellin Favre reçut quelques visites de sympathie, ceux qui comme lui avaient perdu un homme à la guerre. Les Boislambre avaient été les premiers, tous les trois. Puis le curé vint aussi.

Le quotidien régional avait reparu depuis le 15 septembre, avec, à la Une, une photo de l'homme qui incarnait l'espoir, l'homme qui, depuis Londres, avait appelé à la résistance, à le rejoindre, ce qu'avait fait Maurice.

Depuis août, l'étau allié se resserrait sur le Reich.

Au début de l'année 1945, Chune reçut un courrier. Laurent disait comme à son habitude que tout allait pour le mieux. Il avait changé de ferme, et travaillait avec des gens aimables. Fallait-il croire ces propos apaisants ? La censure exerçant ses droits, lire entre les lignes devenait si difficile qu'elle y renonçait. Et la lettre, mille fois embrassée, rejoignit les autres dans le coffret d'osier où dormaient ses secrets.

Mais la jeune fille avait aussi reçu une autre lettre, celle de son frère, la dernière avant sa disparition. « *Si Laurent et toi devez vous marier un jour, n'y renoncez pas. Ce serait la meilleure chose qu'il puisse arriver, vous donnerez un ou plusieurs héritiers aux Trois Marches.* »

Ces propos inattendus l'avaient envahie comme d'une douceur nouvelle, comme une aube claire, un parfum de lilas, un pardon, un espoir !

– Merci, Paul, dit-elle à haute voix, je sais que tu es plus brave qu'il n'y paraît.

Elle l'avait fait lire à son père, et à lui aussi ces lignes avaient fait du bien. Même si elles soulevaient une foule de questions.

Esmeralda revint visiter les Favre, et demander des nouvelles de Laurent.

– Et Robin des Bois ? osa Chune.

– Aucune nouvelle, je crois savoir qu'il a été emmené dans des camps, en Allemagne. Alors, quand ils sont là-bas, on ne sait plus rien d'eux.

– Je voudrais vous poser une question qui me chagrine depuis longtemps, mais promettez-moi de ne pas vous fâcher, ni vous vexer !

– Tu m'inquiètes, Chune.

– Est-ce que vous êtes une vraie bohémienne ? De ces gens qui voyagent en roulotte de ville en ville ou de village en village ?

Esmeralda hésita quelques secondes, puis, en souriant :

– Pas tout à fait, tu as raison, mais avec Robin, nous aimions faire semblant depuis si longtemps. Sans être marginaux, nous étions un peu loufoques, excentriques. Ça nous plaisait de vivre ainsi et nous étions si heureux.

– Merci d'avoir dit la vérité, j'aurai toujours confiance en vous. Ça m'a fait beaucoup de bien.

– Et comment va Lalise avec son petit ? Celle-là n'a pas eu de chance, et pour trouver un mari avec un enfant, quand la guerre tue les hommes, quelle tristesse !

– Heureusement, elle a des parents compréhensifs, pour le moment...

– Il faut se contenter de si peu, de si peu, et parfois de survivre seulement.

Quelques mots encore et la fausse bohémienne disparut, en promettant de revenir.

« Laurent avait vu juste », songea Chune.

Le rapprochement des deux fermes, voilà qui avait resurgi dans la tête de Marcellin. Augustine vieillissait et la charge des cuisines devenait trop lourde pour elle, même si Chune l'aidait dans sa besogne.

L'atmosphère familiale devenait parfois tendue, le père et la fille ne se parlant guère certains jours. Firmin, comme à son habitude, tenait sa place de bouvier sans prendre part aux difficultés nouvelles dues à l'absence du malheureux Paul. L'autre domestique était à cent lieues de ces problèmes.

Chune travaillait comme un homme, du matin au soir. Elle n'entendait plus les nouvelles de la guerre, se saoulant de labeur. Pourtant, plus les jours passaient, plus l'ennemi reculait, sans que pour autant se calmât la violence des massacres. « Comment Laurent reviendra-t-il ? Mon Dieu, faites que... »

Lorsque le sommeil se faisait attendre, malgré la fatigue des journées, elle revivait les instants enfuis. Elle revoyait l'arrivée de Laurent aux Trois Marches, accompagné de l'inspecteur. L'accueil de ses parents, puis sa vie toute simple dans la famille. La pêche à la main dans la Vigourette, les courses dans les chemins, leur première approche de l'amour dans les fougères, l'apprentissage de la danse, et l'inoubliable valse au milieu de tous qui avait tant fâché Paul. Puis son départ de la maison, son visage couvert de sang, la détresse de ses yeux. « Comme je t'aime, mon Laurent... »

Et les mots de son frère, ceux de sa dernière lettre, sonnaient comme une volonté posthume.

Les Alliés avaient pénétré en Allemagne en février puis en avril, les derniers soubresauts des Allemands se transformaient en déroute. Soviétiques et Américains fermaient le piège et l'Armée rouge entrait dans Berlin le 25 avril. Le 30, on annonça le suicide d'Hitler dans son bunker.

L'armistice fut officiellement signé à Berlin le 8 mai. La guerre en Europe prenait fin.

Les coudes appuyés sur la table, la tête dans ses mains, Marcellin écoutait sans manifester aucune joie. Les cloches des églises sonnèrent, carillonnèrent. « Ma pauvre Julienne, si tu avais pu attendre », pensait-il. « Mais tu n'aurais pas supporté, pour notre fils... »

Dans le cœur de Chune, une joie immense se libérait. Laurent allait rentrer, il ne pouvait en être autrement, il allait arriver, se jeter dans ses bras.

Pour Firmin, pas non plus de joie débordante. Il irait au café, il trinquerait à la victoire, mais un goût amer demeurerait à jamais en lui.

Le lendemain, il se rendit au village où régnait une certaine pagaille. On riait, on trinquait, on entonnait *la Marseillaise*, on avait ce droit, et même ce devoir ! « C'est fini ! C'est fini ! Les nôtres vont rentrer ! »

Sur la place, une femme ferma sa fenêtre, elle n'attendait plus personne. Soudain on aperçut ceux des Trois Marches, Marcellin et Chune, qui arrivaient eux aussi, sans trop savoir pourquoi, pour Paul, peut-être, afin qu'on se souvienne qu'il avait donné sa vie.

Quelques instants après, on entendit des voitures et des cris de joie. Des hommes, très excités, brandissaient des drapeaux tricolores.

Le curé invita ses paroissiens à une messe de commémoration, le dimanche suivant, le 13 mai 1945. À la mémoire des morts et des disparus du village.

L'église fut comble.

Au retour de la messe, Lalise, très émue, donnait le bras à Chune. Puis tous se retrouvèrent aux Trois Marches, les Favre avec Firmin, les Boislambre, Augustine et Esmeralda. Une force les avait rassemblés, une force inexplicable, voulant qu'ils fussent réunis pour ce retour à la maison.

Marcellin semblait ailleurs, cherchant toujours quelque objet sans le trouver, sans même peut-être l'identifier.

– Je vais faire du café pour tout le monde, dit Augustine.

– Asseyons-nous près de la table, dit Marcellin. Le pire est arrivé, la mort a frappé, mais il faut vivre malgré tout, il faut continuer ce que nous faisions et que nous avons toujours fait. Pour moi, ce sera bien difficile, j'ignore si j'y parviendrai.

Autour de lui, on fit silence. Pour la première fois de sa vie, Marcellin acceptait de se laisser voir tel qu'il était, gravement blessé. Chancelant sur son piédestal. Et Chune, bouleversée, vint lui prendre la main.

– Je serai là, papa, tu ne seras jamais seul.

– Je dois avouer que j'espérais toujours revoir mon fils, après tout, ils auraient pu se tromper de personne, de soldat, ça arrive, ces choses-là. J'ai été stupide, je le reconnais.

– C'est la guerre, papa, qui est stupide, ce n'est pas toi. Maintenant c'est fini, cette guerre est terminée !

– Nous vous aiderons, dirent les Boislambre, nous ferons ce que nous pourrons nous aussi, même si nous n'avons pas trop de bras.

– Et vous, Esmeralda, toujours rien pour Robin des Bois ?

Un mouvement de tête négatif fut la seule réponse qu'elle put donner. La maison paraissait figée dans la tristesse, avec ses occupants.

Ceux qui devaient s'en aller reprirent le chemin du retour, laissant derrière eux le domaine des Favre.

– Vous êtes bien fatiguée, Augustine, s'inquiéta Marcellin. Je le vois bien depuis quelque temps. On vous a demandé beaucoup de travail depuis des mois.

– Oui, monsieur Favre. Si vous trouviez quelqu'un pour me remplacer, ce serait mieux pour vous. Je n'avance plus guère et je crains de ne pouvoir vous donner longtemps satisfaction. Pour vous, j'avais consenti à travailler davantage, mais à présent je sens que je suis usée, je n'ai plus vingt ans.

– Ne vous tracassez pas, nous allons penser à vous libérer dès que possible, le temps de trouver une personne sérieuse comme vous.

Chune ne pouvait assurer la cuisine en plus du reste. Elle trouverait une solution, Augustine n'en pouvait plus. La personne qui lui vint à l'esprit fut Esmeralda. Savait-elle cuisiner, accepterait-elle de remplacer la brave Augustine, le temps que son Robin réapparaisse ? Son père ne trouvant pas d'objection à cette proposition, ce fut le cœur léger et plein d'espoir que Chune partit à la rencontre de la « bohémienne », à Saubrane.

Ce qu'elle découvrit alors la déconcerta. Une pauvre masure, un jardin tout autour avec un puits, le tout en décrépitude avancée. Lorsque Esmeralda l'aperçut, elle baissa la tête, personne ne venait ici lui rendre la moindre visite. Sous une avancée de toiture, le fameux engin à vendre les légumes était abandonné, les pneus à plat.

– Bonjour, Esmeralda, je voudrais vous parler un instant.

– Bonjour, Chune, assieds-toi sur ce banc, j'ai du désordre à l'intérieur.

Chune comprit la gêne de son hôtesse.

– On sera très bien ici.

Chune expliquait les raisons de sa démarche, mais timidement, tant elle voyait Esmeralda embarrassée.

– Je n'ai aucune nouvelle d'Allemagne, dit-elle, et l'on découvre l'atrocité des camps de concentration. Je n'ai aucune ressource, je vis de mon maigre potager. Chune, c'est le ciel qui t'envoie. Je veux bien essayer, je ferai tout mon possible. Robin aimait les bons petits plats, je peux me débrouiller.

– Lorsqu'il reviendra, vous pourrez le rejoindre, c'est convenu d'avance.

– Je commence quand tu voudras, je suis tellement heureuse, Chune. Et pour Laurent, tu sais quelque chose ?

– La guerre est finie, il ne tardera pas, j'en suis sûre.

La conversation dura encore un moment, puis Chune se leva et les deux femmes s'embrassèrent.

Chune repartit vers la ferme avec la conscience que sa proposition tombait au bon moment. Mais plus elle pensait, plus elle mesurait le dénuement dans lequel vivait Esmeralda, seule, avec un potager au milieu des bois, dans une misérable bicoque. « Nous étions un peu loufoques, mais si heureux ainsi », avait-elle dit.

Quelques semaines plus tard, Esmeralda remplaçait Augustine aux Trois Marches et tous découvraient ses talents de cuisinière. Chune lui avait redonné le goût de vivre, de sourire et d'exister, loin d'une solitude destructrice.

Début août, deux bombes atomiques tombaient du ciel sur le Japon. Le raid nucléaire détruisait Hiroshima et Nagasaki. Le Japon capitulait. En France, Pétain était condamné à mort. Marcellin écoutait de nouveau la TSF, parcourait les titres du journal.

– On n'en sortira jamais, je ne comprends plus le monde...

Les champs avaient été moissonnés. Le rationnement imposé déclenchait vers le marché noir une ruée de grande amplitude. Tout produit comestible était récolté, conservé, transformé et vendu. Après l'hiver 1944-1945, qui avait été fort rude, on craignait l'arrivée du prochain. Certaines langues avaient prédit un changement des saisons, allez savoir... « On aura toujours de quoi se nourrir à la maison, assurait Marcellin, c'est le principal ! »

Marcellin parlait en connaisseur. Les ressources des Trois Marches avaient même augmenté et le marché noir remplissait sa cassette de manière confortable. Mais un Auvergnat ne parle jamais de ce qu'il a. Seulement de ce qu'il lui manque.

L'important pour Chune se trouvait ailleurs. Que devenait Laurent, pourquoi ne rentrait-il pas ? Chaque jour, des soldats démobilisés rentraient au pays, ramenant la joie dans les familles. Des prisonniers d'Allemagne réapparaissaient, mais nul n'avait rencontré Laurent.

Une lettre arriva à la mairie, annonçant la mort de Vincent Labrègue, Robin des Bois pour ceux du pays, dans un camp de concentration, à Dachau. Chune entoura Esmeralda de toute son affection, mais la fausse bohémienne fut courageuse au point que la nouvelle n'eut aucune répercussion sur son travail.

– J'occuperai la chambre de mon frère, et vous, vous n'aurez qu'à prendre la mienne. Vous ne pouvez pas retourner vivre seule là-bas, au milieu des bois.

– Cette maison, c'était pourtant notre château, mais sans lui... je te remercie, Chune. J'irai prendre mes dernières affaires, presque rien. Je suis tellement heureuse de t'avoir.

On aurait pu croire Marcellin muet. Avait-il perdu le dessein d'agrandir la ferme ? Tous avaient pu le penser, sauf lui-même.

– Nous ne sommes plus que deux Favre ici, toi et moi, il faut décider pour notre avenir. Je crois que tu devrais penser à trouver quelqu'un, te marier. Est-ce que tu attends toujours Laurent Sylvestre ?

Un choc pour Chune ! Toujours pressé ce père, toujours à décider pour les autres, à la place des autres, et seulement pour lui.

– Lorsqu'il reviendra, nous déciderons. Je ne désire pas quitter ma place ici, je me suis accrochée à cette terre. Quoi qu'il arrive, je resterai.

– Même si Laurent te demande de le suivre ? Il a un bon métier de maçon, il aura sans cesse du travail dans cette branche.

Elle lui lança un regard dur, inhabituel, un regard de femme et non de petite fille.

– Et toi, papa, tu penses à quoi ?

Il hocha la tête pour toute réponse, et se tut.

Un jour de marché, Marcellin surprit une étrange conversation assez proche de lui pour qu'il l'entendît distinctement. Lalise Boislambre avait un prétendant, un de ceux revenus de la guerre, du village voisin. Plus de trente ans, bouvier dans une ferme. « Elle ne peut pas prétendre à autre chose et ses parents seront sans doute contents de la caser, et qui sait, peut-être de lui céder la ferme avec. »

Ces propos provoquèrent quelques démangeaisons dans son cerveau de terrien. Après tout, qui tente rien n'a rien ! se dit-il.

Sous un prétexte quelconque, il rencontra Jean Boislambre, et tous deux se retrouvèrent dans un café devant un verre. Marcellin demandait des nouvelles de sa femme, de sa fille et du petit.

– Tu ne penses pas à la marier, la petite Lalise ?

– C'est son affaire, et puis avec le petit, ça ne sera pas si simple, tu comprends ?

– Il y a des hommes qui rentrent, ils ne sont pas très valides, elle en trouvera un, même s'il n'est pas si jeune, pourvu qu'il soit travailleur.

– Il aurait quelques sous, ça ne gênerait pas non plus, mais la jeunesse et la richesse ne vont pas souvent ensemble, ajouta le père Boislambre en souriant, faut pas trop demander. Il y en a bien un qui s'accrocherait en ce moment, faut pas trop le dire encore, mais si ce n'était pas le problème du petit, ça serait fait.

– Il n'en veut pas, du petit ?

– Les parents, que veux-tu...

– Entre nous, si je t'enseignais quelqu'un de sérieux qui ne verrait pas d'obstacle à prendre le petit, que ferais-tu ?

Boislambre fonça les sourcils et se gratta la tête. De quoi se mêlait-il, le voisin ?

– Favre, je viens de te dire qu'elle avait rencontré quelqu'un, faut laisser faire, si ça s'arrangeait pour le petit...

– Il l'adopterait ? La question est là. Vous avez le temps de réfléchir avec ta femme. On peut en discuter un autre jour, je ne suis pas venu pour cette raison, tu penses bien. Juste un détail encore, il a beaucoup de biens et quelques années de plus qu'elle.

Puis Marcellin se leva, paya sa tournée et parla de tout autre chose, d'un air détaché. Avait-il réussi à appâter son compère ? Rien de moins sûr.

Lalise travaillait beaucoup dans la ferme familiale, autant que Chune dans la sienne, et élevait son petit garçon qui aurait cinq ans en mai.

– Tu vas avoir cinq ans, mon petit Pierre. Déjà cinq années de passées avec mon petit amour de garçon, lui déclarait-elle en souriant.

– Comme le temps passe ! répondit son père qui l'avait surprise. Faudrait bien penser à lui trouver un père à ce petit homme, ma fille. Un jour tu seras trop vieille et lui trop grand.

– Je trouverai plus facilement un mari pour moi qu'un père pour lui, mais ce sera les deux à la fois ou rien du tout, dit-elle en tournoyant, son enfant dans les bras. J'avais presque trouvé, papa, mais il ne veut pas d'un enfant déjà tout fait ! Alors je l'ai renvoyé chez sa mère.

Et elle éclata de rire.

Son père aurait bien voulu lui parler, mais hésitant, il se tut. Allait-il s'en entretenir avec sa femme ? Qui pouvait bien être cet homme ?

Lalise et Chune se rencontrèrent et se contèrent leurs secrets.

– Il voulait bien de moi mais pas de mon garçon, alors j'ai dit non.

– Tu as bien fait ! Et ne t'inquiète pas, tout arrivera, je le pressens.

Les jours passaient et Chune, n'ayant pas la moindre nouvelle de Laurent, commençait à désespérer.

Marcellin rencontra de nouveau Jean Boislambre. Celui-ci, après quelques politesses, revint sur le sujet qui le préoccupait depuis leur dernière rencontre et surtout depuis que Lalise lui avait conté sa dernière aventure.

– Tu connais bien cet homme, Favre ? Es-tu sûr que...

– Oui, Boislambre, si toutefois Lalise devenait raisonnable et acceptait sa proposition malgré la différence d'âge, il en est bien conscient.

– Un vieux pour ma fille ? Je n'oserai jamais lui en parler.

– C'est le mariage qu'il propose ! Parle avec ta femme, tranquillement. Un homme respectable, propriétaire, veuf, qui accepterait Lalise et son enfant et leur assurerait un avenir sans souci, vous devriez y réfléchir, mais pas trop longtemps. De plus, il a vu le petit, il lui plaît bien.

– Tu ne peux pas m'en dire plus ?

– Non.

– Tu es une tête de mule !

– On le dit dans le pays, mais ça ne m'empêche pas de respirer.

7

Par ce même chemin, se prélassant sous les ombrages, un autre homme laissait les marques de ses brodequins sur la poussière. Le pas lent, le regard fixé sur les toitures des maisons, il avait l'impression de ne pas bouger et que seul le terrain glissait sous ses pieds. Le hameau venait à lui. Les arbres avaient grandi, l'odeur de l'air lui revenait en mémoire. Lesté d'une grosse musette, il apparut devant la maison de Favre protégée par sa glycine. Il s'arrêta. Il attendait. Le silence, un grand silence, était pigmenté des bruissements habituels de la campagne. À l'heure du soleil, il devait être 4 heures de l'après-midi. Il avait marché trois quarts d'heure depuis l'arrivée du train. Septembre avait quelques jours. Il chercha un banc et s'assit paisiblement, il pouvait prendre tout son temps.

Petit à petit les images reprenaient leurs places, comme la porte et les fenêtres de la grande maison. Tout ce temps passé, ce temps sans doute perdu ! Combien de camarades ne rentreraient jamais ? Il avait entendu tant d'horreurs lors du voyage du retour qu'il s'attendait au pire. Déjà, dans toutes les gares, on guettait toujours le retour de prisonniers ou de ceux dont on était sans nouvelles. Il ne connaissait pas le sort de Paul.

La porte de la maison étant tirée, il savait qu'il n'y avait personne à l'intérieur. Aussi, avec patience, les jambes étendues, attendait-il qu'une bonne âme se montrât. « Lorsque j'ai quitté cette maison, je ne pensais pas y revenir de cette manière. J'espère qu'ils auront changé d'idée, avec ces temps de guerre. Dans le cas contraire, je m'en retournerai chez Marcinac. J'aurais tant aimé que Julienne pût me serrer dans ses bras... Hélas ! »

Le doute l'envahissait au fur et à mesure que les minutes s'égrenaient.

Une silhouette féminine apparut soudain vers les hangars, une silhouette qu'il ne pouvait identifier. Il savait aussi que Julienne n'était plus de ce monde, alors il se demandait... Cette femme venait vers lui sans lui prêter la moindre attention, sans même le voir, et se dirigeait vers la porte, lorsqu'elle sentit sa présence et sursauta. S'approchant prudemment de lui, elle le reconnut soudain.

– Laurent ? C'est bien Laurent ?

Il se leva, lui sourit, essayant de l'identifier.

– je suis Esmeralda, tu te souviens ? je travaille ici maintenant.

Puis elle l'embrassa en le serrant très fort contre elle, aussi fort que si c'était son enfant.

– Excusez-moi, lui dit-il, je ne m'attendais pas à vous rencontrer aujourd'hui.

– Tu aurais préféré voir Chune ? Je vais la prévenir,

quelle surprise, oh que je suis heureuse de te voir ainsi. Nous avons tellement prié pour ton retour de cette sale guerre !

Et elle le serra de nouveau dans ses bras. Puis :

– Vois-tu ce tracteur qui travaille dans le champ, làbas ?

– Oui, je l'aperçois.

– Va vite, tu seras surpris, va, Laurent.

En passant devant l'étable, le vol d'une hirondelle le surprit. « Le porte-bonheur de Chune », pensa-t-il.

Il partit en accélérant le pas, le cœur serré. Il voyait maintenant qui conduisait. Au bord de la terre non encore retournée, il allait vers la machine qui approchait avec un bruit particulier. « Ce n'est pas un nouveau celui-là ! » pensa-t-il. Il se planta bien droit, face à lui, de manière à se faire bien remarquer. Soudain elle poussa un cri, stoppa l'engin, et sauta de son siège sur le sol. « Comme elle a changé ! » pensait Laurent, « Comme il a changé ! » pensa Chune. Tous deux s'étreignirent à s'étouffer, dans ce champ à demi labouré, avec des gémissements mêlés de pleurs. Laurent sentait contre lui ce corps de femme, ce visage de femme, et non l'adolescente qu'il avait quittée. Ses yeux, plus beaux qu'avant, le subjuguaient.

– Ma petite Chune..., réussit-il à dire, simplement. Plus de quatre années sans te voir. Si j'étais revenu, je n'aurais jamais pu repartir, j'en suis certain.

– Ne dis rien, tu es là, oh mon Dieu, c'est le principal. Beaucoup ne reviendront pas, beaucoup sont morts...

– Où est Paul ? demanda soudain Laurent.

Chune le serra davantage et fit non de la tête.

– Tout à l'heure. Restons un moment sans parler, après on te dira, tu sauras tous nos malheurs.

Et ils demeurèrent l'un contre l'autre, de longues minutes, s'embrassant à peine, dans cette émotion intense du manque soudain comblé.

Deux hommes, accompagnés d'un chien les rejoignirent, d'un pas ferme, décidé.

Chune alla tout de même couper le moteur du tracteur.

– Je suis content de te revoir, Laurent, dit Marcellin en lui serrant chaleureusement la main.

Firmin lui donna l'accolade. Tous étaient émus.

– Depuis ton départ, nous avons vécu des drames, ça n'arrête pas, mon pauvre. Ces boches auraient pu nous anéantir, oui, je l'ai craint à plusieurs reprises. On ne savait plus vers qui se tourner, une fois vers Pétain, une autre fois vers de Gaulle. Mais comme tu vois, Chune et moi sommes les deux survivants de la maison Favre. Qui aurait pu imaginer ?

Le silence au milieu du champ se fit plus dur encore. Laurent n'osait questionner Marcellin sur le sort de Paul et Firmin se tenait à l'écart.

– On va arrêter pour ce soir, dit le père Favre. Laurent nous est revenu ! Bien tardivement mais il est là, lui.

Et des sanglots secouèrent sa poitrine. Il ajouta :

– Paul n'a pas eu de chance. Il ne reviendra jamais. On ne sait même pas où il est enterré, s'il est enterré, mais toi tu es de retour, c'est bien.

Chune mit son index sur ses lèvres. Laurent comprit.

Dans le regard de Marcellin, passa un message que personne ne vit, à l'exception de Laurent, une résolution soudaine, absolue, irréversible.

– Tu pourras rester quelques jours ici, lui dit-il. Le temps de te remettre de tout ça, tu en as besoin, et Chune saura s'occuper de toi...

Chune serra intensément la main de Laurent, elle avait compris et lui aussi. Pas un seul instant elle n'aurait imaginé qu'il pût dire ces mots si cruels : « quelques jours », en oubliant ceux que Paul avait écrits dans sa lettre.

Marcellin prit les commandes du tracteur et le ramena à la ferme. Chune, Laurent et Firmin revenaient tous trois lentement.

En passant près de l'étable, Laurent dit à Chune :

– J'ai vu une hirondelle tout à l'heure.

Chune ferma les yeux une seconde, comme pour remercier le ciel.

On parla de Paul. Esmeralda les rejoignit avec une immense joie qu'elle n'économisait pas.

– J'habite ici maintenant, mais je n'ai pas pris ta place, je veux dire ta chambre, que Chune tient toujours prête.

– Merci, Esmeralda, mais cette chambre...

– Nous allons fêter ton retour, coupa Chune, et puis te préparer un excellent repas ! Avec Esmeralda nous allons te choyer.

– Laisse-toi faire, dit Firmin, tu ne vivras pas d'autres

jours aussi beaux que ceux-là. Ça n'effacera pas les souvenirs, tout ce que tu as vécu, mais ça te donnera du courage pour affronter l'avenir, et tu en auras besoin, petit, tu en auras besoin. Lorsqu'on revient, comme moi, comme toi, on croit que la vie va tout vous offrir. Mais de la patience, beaucoup de patience il te faudra pour reprendre une vie qui ne sera plus celle d'avant. Tu y as pensé ?

Que signifiaient ces mots ? Firmin voulait-il le prévenir ? L'encourager ? Le rassurer ? D'autant que lui-même avait repris sa vie de bouvier, sans exigence, mais avec cette sagesse qui sied aux gens simples. Quel message voulait-il lui faire passer ?

Il ne restait plus qu'un domestique aidant Firmin pour quelques jours encore. Il rejoignit la table avec Marcellin qui lui expliqua pour Laurent.

On ouvrit une bonne bouteille et, avec le bon pain de la maison et du fromage sortant de la cave bien fraîche, Laurent retrouva les saveurs oubliées et ce souvenir lui revint :

– Un jour, alors que le moral était au plus bas, j'ai repensé au goût du pain des Trois Marches. Je me suis raccroché à ce souvenir de parfum, de chaleur, de la couleur des tourtes et du petit pain que vous faisiez en plus pour nous, monsieur Marcellin. Et plus j'y pensais, plus j'espérais le retrouver un jour, et ce jour c'est aujourd'hui...

– Tu vas nous faire pleurer, dit Esmeralda en s'essuyant les yeux.

Après un long moment d'émotion, Marcellin dit :

– Il y a beaucoup de manquants chez nous, et moi, je suis toujours là, à la place du jeune. C'est souvent comme ça. Le capitaine du navire ne le quitte pas ou sombre avec lui.

Son autorité se manifestait malgré lui, d'autant plus qu'il avait des idées derrière la tête. Dans un éclair de lucidité, il dit à Laurent :

– Tu pourras rester ici tout le temps que tu voudras, j'ai été un peu brutal tout à l'heure, mais te revoir...

Et tous trinquèrent avec, pour certains un bonheur dans les yeux, pour d'autres une tristesse qu'on voulait dissimuler.

– Occupe-toi bien de Laurent, ma fille, dit-il.

Et ce casse-croûte improvisé prit tout à coup d'autres dimensions dans le cœur de tous.

Laurent s'inquiéta soudain :

– Comment va Robin des Bois ?

– Il est parti lui aussi, mais il n'est pas encore rentré, répondit Esmeralda, avec le plus de calme possible, mais repoussant à plus loin la vérité.

Laurent n'insista pas.

On n'osait pas le questionner, par respect, peut-être par prudence. Aussi demanda-t-il des nouvelles des Boislambre, de Lalise et de son petit. Ils parlèrent de Maurice et de bien d'autres, afin de renouer la trame des survivants.

Puis tous sortirent de la maison, la pendule sonnant la demie de 6 heures. Laurent, comme tous ceux qui étaient revenus, se réappropriait peu à peu l'environnement, les odeurs, les volumes, la basse-cour, sans oublier Tatou qui avait su le reconnaître.

– Les villages ont tenu le coup par ici, si tu voyais ce que j'ai vu, Chune... Des villes et des villes bombardées, détruites, un désastre. Que sont devenus leurs habitants ?

Esmeralda voulait accaparer Laurent. Le prenant par le bras, elle réussit à l'écarter un instant.

– Laurent, lui dit-elle, je suis tellement heureuse de ton retour, j'avais peur de ne pas te revoir un jour, tu sais...

– Tout est bien puisque je suis revenu, répondit-il avec un maigre sourire.

– Mais il faut que je te confie quelque chose de très important pour toi.

– Un secret de bohémienne ?

– Tu sais bien que je n'en suis pas une. J'ai quand même un secret à te confier. Un de ces jours, promets-moi de m'accorder quelques instants.

– C'est promis !

Et Esmeralda fut tout heureuse de cette promesse. Tout en sachant que le plus difficile approchait désormais à grands pas.

Laurent et Chune se retrouvèrent enfin seuls, main dans la main. Un voile de mystère les enveloppait, de joie retenue, à moins que ce ne fût un impalpable doute. Ces années les avaient changés, les gamins d'autrefois s'étaient mués en adultes façonnés par les épreuves. Pourtant, depuis si longtemps, leurs lettres avaient dit leur attachement mutuel et sincère. Avec des mots justes. Laurent brisa le silence :

– Je me sens tout bizarre, je ne réalise pas que je suis rentré, excuse-moi, Chune. Après tant de journées de voyage, tant de choses vues, de malheurs, de misère, et tant de peurs accumulées j'ai du mal à me concentrer. J'ai beau ouvrir les yeux, des images s'interposent sans cesse.

– Nous avons tout le temps. Jour après jour, nous redeviendrons comme avant, te souviens-tu ?

– Je crois que ton père ne m'estime pas, il a dans son regard l'expression qu'avait Paul, après notre fameuse et mémorable bagarre.

– Dans sa dernière lettre, Paul souhaitait notre mariage, et mon père a lu ces lignes si importantes pour nous tous.

– Je te crois, Chune, je te crois, mais il a dû se passer quelque chose que tu ignores, je le sens.

– Laisse passer quelques jours, moi je t'aime autant et même plus, alors fais-moi confiance.

Après le repas du soir, amélioré par Esmeralda, Marcellin dit :

– On aura le temps de parler plus tard de ce que tu as vu là-bas, ce soir, vous avez bien des choses à vous dire tous les deux, je ne vais pas m'attarder.

Chune jeta un regard de tendresse à Laurent qui voulait dire : « Tu vois, il n'y a rien, il comprend... »

Ils se retrouvèrent tous deux près du feu, dans le cantou. Elle se blottit contre lui, et, répondant à ses questions, lui raconta les incidents vécus aux Trois

Marches depuis son départ : la mort de sa mère, les visites des permissionnaires, les faux maquisards, les vrais, la venue du maire annonçant la mort de Paul. Ils parlèrent aussi de Lalise et de son petit. Puis Laurent apprit que Robin des Bois avait disparu à Dachau, en déportation.

– Je ne sais pas ce que je vais faire, dit-il.

– Tu n'auras plus à m'écrire, mon coffret est bien garni, je l'ai ouvert tant de fois. Notre destin est là, dans ces brins d'osier tressés par Firmin.

Chune se serra davantage encore sur son cœur. Le feu, maintes fois ranimé, rendait l'âme. Ce n'était pas encore les grands froids...

Laurent rejoignit sa chambre, Chune la sienne. Quelques instants plus tard, on eût pu entendre des petits pas trottiner à l'étage...

Dans la tête de Marcellin, les hypothèses s'entrechoquaient. Ce retour de Laurent l'indisposait en réalité, l'embrouillait. Ce n'était pas le bon moment. Ayant projeté une nouvelle situation concernant sa propriété et sa vie personnelle – bien que celle-ci passât en second plan – il se demandait maintenant comment y parvenir.

Il lui fallait rencontrer Boislambre, aussi saisit-il l'occasion de leur annoncer le retour de Laurent au pays. Prétexte acceptable, croyait-il, bien qu'il ait quitté la maison bien avant son départ pour l'armée et la guerre. Tous savaient en effet qu'entre Chune et lui...

Il se mit en route.

Dès qu'il eut annoncé la nouvelle, il devina qu'il y avait peut-être du nouveau chez ses voisins. Boislambre entraîna Marcellin.

– Nous en avons discuté avec ma femme, dit-il. Après un refus catégorique elle est revenue sur sa position. Pour nous maintenant restent deux points importants, sinon essentiels : connaître cet homme et convaincre Lalise, ce qui ne sera pas une mince affaire, tu peux l'imaginer.

– Tu ignores ce que pense ta fille ? Et ce qu'elle veut ? Parle-lui, après j'interviendrai en temps utile.

– Tu ferais ça ?

– Pour ce petit qui est orphelin, oui ! Je vois bien le manque affectif de ces enfants, nous en avons eus pas mal à la maison et en dernier le pauvre Laurent.

Dans sa bouche, le mot pauvre n'était qu'argument. Boislambre eut cette idée :

– Et si je te l'envoyais, tu saurais bien mieux lui présenter la situation, tu as toujours les paroles qu'il faut. Aux questions qu'elle te posera sur cet homme tu pourras au moins lui répondre. Moi je vois les choses ainsi.

– Tu n'as pas tout à fait tort, Boislambre, tu trouveras un prétexte pour me l'envoyer avec ce retour de Laurent. Elle aimait bien ce garçon. J'en profiterai pour te passer les derniers journaux, comme d'habitude.

Et l'affaire fut entendue entre les deux compères.

Aux Trois Marches, après quelques jours, Laurent parut s'ennuyer de ne pouvoir rien faire d'autre que de traîner autour de la ferme. Il se rendit donc, pour une simple visite, chez Marcinac, son ancien patron.

Marcellin Favre n'avait posé aucune question quant à l'avenir du jeune homme. Laurent fut reçu à bras ouverts chez son ancien maître d'apprentissage, tant et si bien qu'il en fut très ému. Sa chambre l'attendait aussi et il dut leur avouer que pour quelques jours encore il demeurerait chez les Favre. Le couple Marcinac n'eut aucun mal à comprendre la situation, connaissant les relations qu'il entretenait avec leur fille.

L'entrepreneur ne tarda pas à lui proposer de reprendre son travail, le gratifiant même d'un poste de chef d'équipe.

– Chez nous, reprit Marcinac, il y aura toujours de la place pour toi. Et même si un jour tu prenais une affaire à ton compte, nous resterions bons amis ! À toi de décider.

Un travail dès qu'il se sentirait apte à commencer, quoi de plus positif ! Contrairement à certains prisonniers, même amaigri, il s'était maintenu « en bon état », aimait-il à dire. Au point de vue de la nourriture, les trois premières années avaient été difficiles, mais après cela il s'était retrouvé dans une ferme et il s'était rattrapé. Un seul problème : des cauchemars peuplés d'horreurs empoisonnaient ses nuits. Il n'était pas le seul dans ce cas.

De retour aux Trois Marches, il raconta son entretien à Chune, avec une sorte d'enthousiasme.

– J'ai du travail chez Jules Marcinac, je n'ai plus d'argent et je vais devoir emprunter pour m'habiller convenablement. De quoi ai-je l'air ? Je n'ai rien à t'offrir, Chune...

Elle s'y attendait, et le plus incommodant pour elle restait son attitude évasive quant à leur avenir. Cet espoir dont il parlait dans ses lettres, qu'était-il devenu ? Où s'était-il enfui ? Même s'ils s'aimaient pendant les nuits, où était ce grand avenir qu'ils avaient rêvé de construire à deux ? Alors elle décida de ne pas parler de ses projets à elle, d'attendre. Peut-être les siens s'étaient-ils modifiés avec le temps, peut-être voyait-il son futur sous un autre jour ?

Il n'ouvrait pas le journal, n'écoutait pas les informations à la TSF. « J'ai donné plus de quatre années de ma vie au pays, je veux être tranquille. Je préfère arpenter les chemins, les bois, les champs, regarder le ciel, même s'il ne me ménage pas parfois, j'ai besoin de revivre avec ce que j'avais avant. »

Lorsque Marcellin fut averti par Laurent de la reprise prochaine de son travail chez Marcinac, il déclara tout simplement :

– Toi au moins, tu ne traînes pas !

– Je reviendrai dormir chez vous les fins de semaine, comme autrefois, si vous le permettez.

– C'est convenu, Laurent, c'est convenu.

Mais le cœur n'y était pas. « Celui-là, pensait-il, me donnera certainement du fil à retordre s'il épouse Chune. »

Esmeralda n'ayant toujours pas dévoilé son secret à Laurent, il finit par la taquiner.

– J'ai besoin de temps pour y réfléchir, répondit-elle. Ce n'est pas facile. Nous trouverons bien un moment pour nous voir tous les deux, rien que nous deux.

– Nous deux seuls ? reprit Laurent. Ça va faire jaser, ajouta-t-il en riant.

– Tu ne souris pas souvent, et pourtant j'aime ton sourire, ne l'économise surtout pas !

Hochement de tête. Puis :

– Je ne suis pas encore rentré tout à fait au pays et je pense trop à ceux qui ont souffert, prisonniers, déportés, tués, exterminés dans les camps, personne ne peut se remettre de tant de détresse. J'ai parfois honte d'être revenu, alors je ne peux pas déborder de joie. Il faudra plus de temps qu'il ne m'en reste à vivre, même si j'arrive à cent ans, pour oublier...

Esmeralda garda le silence.

– Peut-être qu'un jour, je parlerai de cette guerre, mais ce sera à mes petits-enfants, les soirs d'hiver, quand ils se plaindront du manque de confort ou de je ne sais quoi, mais pas avant, non, pas avant.

Son regard se perdit au loin.

Deux jours plus tard, Lalise et son petit Pierre rejoignaient la maison des Favre. Esmeralda les accueillit avec joie, comme elle savait si bien le faire.

– Je voudrais voir Laurent, Esmeralda, si ça ne gêne en rien.

– Tu le trouveras vers les hangars, je pense, il est

souvent là-bas. Que tu as un joli garçon, je suis un peu jalouse, dit-elle en embrassant le petit.

– Mon père voudrait aussi les journaux...

– Marcellin les prépare, et comme souvent, je ne sais pas où il les a rangés. Je te les chercherai en attendant, ça ne presse pas à la minute, je pense.

– Bien sûr que non, répondit Lalise en souriant.

Puis elle se dirigea vers les bâtiments, le cou éternellement entouré d'une large écharpe qui en réalité ne dissimulait pas grand-chose. « Jolie fille ! pensait Esmeralda, dommage qu'elle soit marquée ainsi, presque défigurée. »

Lorsque Laurent et Lalise se rencontrèrent, ils s'embrassèrent affectueusement.

– Que je suis heureuse, dit-elle, tu as été si long à revenir parmi nous. Maintenant tu es là, c'est tout ce qui compte !

– J'aurais bien voulu être libéré plus tôt, tu peux l'imaginer. Mais c'est fait, me revoilà entier au pays. Tu as un beau petit gars, Chune me l'avait écrit, et en pleine santé. Attention qu'il ne grimpe pas trop sur les remorques, il risquerait de...

– C'est un diable ! Mais je l'adore, coupa Lalise. Comment as-tu retrouvé les Trois Marches ? Ta petite Chune ? N'a-t-elle pas trop changé en t'attendant ? Je peux t'assurer qu'elle est restée sage.

– Moi aussi j'ai dû changer, la guerre n'arrange pas les hommes. Là-bas, on embellit les choses, celles que l'on garde près du cœur, et on oublie les autres. Chune est encore plus belle qu'avant, plus femme. Quant à la ferme, toujours la même avec un tracteur en plus et des gens en moins. Je pense souvent à Julienne, c'était une personne que j'estimais, ainsi va la vie.

– Toi, Laurent, comment te sens-tu ? Ton visage est celui d'un bel homme, tu as l'air résolu.

– Je vais bientôt travailler chez Marcinac, comme avant. Que veux-tu que je fasse d'autre ? La vie reprend ses droits.

Elle perçut qu'il ne parlait guère de Chune, mais demeura discrète. Le monde lui parut soudainement bien compliqué. Il était revenu, lui, que demander de plus ? Elle avait tant espéré, Lalise, tant espéré dans un silence terrible que Paul lui revînt, le père de cet enfant dont elle tairait le nom toute sa vie sans doute.

Ils bavardèrent encore un moment.

– Passe à la maison, les parents seront heureux de te voir, on a souvent parlé de toi chez nous. Te souviens-tu lorsque nous raccompagnions le curé Treuil ? Ou lorsque nous rentrions des messes de Noël ? Nous étions bien tous les quatre, n'est-ce pas ?

À cet instant précis, Marcellin arriva, tout heureux de la trouver.

– Tu es venue rencontrer Laurent, le trouves-tu changé ?

– Je le découvre plus beau qu'avant, il est devenu un très bel homme, je l'ai reconnu tout de suite. J'ai vieilli moi aussi, comme lui, mais il est toujours Laurent. Je venais prendre les journaux pour mon père, Esmeralda ne les a pas trouvés.

– Accompagne-moi, je les ai mis de côté. Tu verras

Laurent tout à l'heure, parce que j'ai du travail en ce mois d'*octembre*.

Elle sourit pour *octembre*. Laurent lui fit un signe compréhensif de la main, et Marcellin et Lalise s'éloignèrent.

« Enfin, le moment », pensait Marcellin tout en caressant les cheveux du petit de ses grosses mains de paysan.

– Il faut que je t'entretienne d'une chose importante, Lalise, mais d'une chose délicate, si tu as quelques minutes à m'accorder.

– Bien sûr, répondit-elle, toute curieuse de la chose.

– Est-ce que tu as un amoureux ? parce qu'il s'agit de ça !

La surprise immobilisa la jeune femme.

– Non ! Si j'étais belle comme tout le monde, j'aurais bien un mari à cette heure, mais vous savez bien... pour le sérieux...

Il réussit à prendre son courage à deux mains :

– Je connais quelqu'un qui te marierait, oui, je connais un homme, c'est délicat, je sais, mais il te connaît bien.

– Et pourquoi ne m'a-t-il rien demandé ? Il n'ose pas ? Ça cache un piège, ça, un homme qui a besoin de...

– C'est peut-être son âge, il a sans doute la crainte que tu l'éconduises. Veuf et propriétaire, il s'occuperait de ton petit qu'il connaît aussi, il l'adopterait même si tu acceptais.

– Vous connaissez cet homme, dites-moi son nom, et moi, je le connais ?

– Sans doute que oui mais le principal est qu'il te

prendrait avec le petit qu'il adopterait certainement, si tu acceptais cette différence d'âge. Ça apporterait la sécurité pour vous deux.

– Monsieur Favre, je suis encore jeune, j'ai aussi envie de vivre une vie normale, je ne voudrais pas d'un vieux, vous imaginez ? Un vieux ?

– Il n'est pas vieux, il n'a pas le double de ton âge, et puis tu vas y réfléchir. Sur le moment, je comprends ta réaction, mais plus le temps passe, plus ton petit grandit. Promets-moi d'y penser, Lalise, c'est tout ce que je te demande aujourd'hui.

Elle reprit l'enfant dans ses bras, et en oubliant les journaux, et même Laurent, elle s'en retourna chez elle d'un pas vif, rythmé par une sorte de rage. « Vingt-six ans ! J'ai vingt-six ans, un petit sans père, et voilà qu'on me propose un barbon qui a deux fois mon âge ! Mais c'est une histoire insensée ! Insensée ! »

Elle se demandait comment pouvait se comporter un homme d'environ cinquante ans. Puis elle sentit les larmes rouler sur ses joues, pestant contre celui qui l'avait abandonnée si lâchement après lui avoir laissé un enfant dans le ventre. Elle serra la douce joue du petit Pierre contre la sienne :

– Oh, tu m'aimeras toujours, toi, mon amour ? Que m'importent les hommes, je ne t'abandonnerai jamais ! Jamais !

– Tu n'aurais pas oublié mes journaux ? demanda Boislambre.

– Je n'y ai plus pensé, c'est bien vrai. J'ai vu Laurent et nous avons bavardé, le temps a passé. J'y retournerai, il faut que je voie Chune au plus tôt.

– Pas grave pour les journaux, ça peut attendre...

Le père devinait une inquiétude nouvelle dans le comportement de sa fille. Avait-elle rencontré Marcellin ? Il se garda de l'inquiéter.

Aux Trois Marches, Marcellin avait retrouvé les journaux et y jetait un œil distrait. « La Sécurité sociale pour tous les travailleurs ? Qu'est-ce que c'est encore ? Qui va payer ? »

Lalise avait mal dormi. Les questions s'empilaient dans sa tête comme des cubes. Chune lui serait-elle d'un quelconque secours ? Elle décida de lui en parler, tant d'autres secrets les liaient déjà. La récupération des journaux trouva sa justification.

Devant le trouble de son amie, Chune se fit très attentive. Mais après l'avoir écoutée, elle afficha un abîme de perplexité.

– Tâche d'en savoir plus. À ta place, je ne saurais que faire sans connaître le bonhomme.

– Mais toi, Chune, si tu avais un petit, si étais défigurée comme moi, tu ferais quoi ?

– Je ne sais pas, Lalise, je ne sais pas. Mais je te le répète, il faut d'abord voir le bonhomme. Et puis je suis surprise que ce soit mon père qui intervienne, mais il a un côté secret, il rencontre beaucoup de monde dans les marchés, des paysans de tout le canton. Et tes parents, leur en as-tu parlé ?

– Je vais le faire dès ce soir, il faut bien arrêter cette situation d'une manière ou d'une autre, j'ai envie de sortir, d'aller au bal, maintenant que tout est fini entre...

– Et s'il te plaisait, cet inconnu, s'il te convenait après tout ?

– Tu demeurerais mon amie ? Nous garderions indéfiniment nos secrets ?

– Il faut se jurer une fois pour toutes que nous resterons amies pour la vie, quoi qu'il arrive !

– Juré !

– Juré !

Après le dîner, chez les Boislambre, la table desservie et la vaisselle faite, Lalise se décida :

– J'ai quelque chose à vous dire, ne m'en veuillez pas, je n'y suis pour rien.

Et elle conta l'entrevue avec Marcellin, cette démarche qu'il accomplissait pour un inconnu du canton, semblait-il. Les parents jouèrent la surprise, maladroitement d'ailleurs.

– On dirait que ça ne vous dérange pas trop, tous les deux, de me voir mariée à un vieux de presque deux fois mon âge !

– Tu es majeure et responsable, tu as ce petit que nous aimons, mais il est normal aussi que la vie s'accomplisse pour tous. Nous ne t'avons jamais fait de misères, même lorsqu'il est né ce cher petit Pierre, ni rien demandé.

Nous n'avons que toi. Si un garçon de ton âge t'avait demandée en mariage, nous aurions été très contents, mais jusqu'à ce jour, personne ne s'est présenté. Tu peux refuser cette proposition, mais tu peux aussi demander à connaître ce prétendant, puisque tu nous dis qu'il aime et qu'il veut élever dignement ton petit.

– Vous ne trouvez pas ça étrange qu'il ne soit pas venu lui-même ?

– C'est sûrement à cause de son âge, reprit la mère. Si c'est non de suite, il ne se fera pas connaître.

Lalise, la tête dans les mains, les coudes sur la table, tentait de mettre ses idées en ordre. La curiosité et l'angoisse se mêlaient. Les parents se regardaient sans rien dire, attendant le verdict.

– Papa, demain matin, va voir Marcellin et dis-lui que je veux rencontrer cet homme, juste pour le voir, sans autre engagement...

– Sans autre engagement, c'est entendu.

Le sommeil ne venant pas, l'imagination de Lalise allait bon train. Et puis, quelque chose changeait en elle. L'envie de mener une existence de femme normale la grignotait en profondeur. Elle avait bien ce droit de pouvoir aimer, et d'être aimée, alors, si cet inconnu...

Dans l'autre chambre, les Boislambre pensaient eux aussi à l'affaire. Les couvertures tirées jusqu'au menton, ils se laissaient aller à extrapoler.

– Si ça lui convient, elle quittera la maison, c'est

certain, et nous nous retrouverons bien seuls, Jean, ce n'est pas à cet avenir-là que nous avions pensé.

– Il faut d'abord songer au petit. Faudrait pas qu'elle soit trop exigeante. On pourrait le garder, bien sûr, mais elle le voudra auprès d'elle, c'est normal.

– Mais puisqu'on te dit qu'il le prendrait, ne dis donc pas de bêtises !

– On a là une petite chance qu'elle trouve un mari, après, ce sera trop tard. On se débrouillera seuls, et s'il le faut, on prendra un domestique, que faire d'autre ?

– Nous attendrons, d'ailleurs nous ne faisons que ça, attendre, attendre. Entêtée comme elle est, elle est bien fichue de tout faire capoter !

– Je le sais, mais c'est notre fille, plaise au Ciel que tout marche pour elle et pour le petit. Pour le reste...

– Je vais prier pour que ça se fasse, tant pis..., conclut la mère.

Le lendemain, à une heure inhabituelle, Jean Boislambre vint trouver son voisin pour lui transmettre le message de Lalise.

– Tu l'as donc raisonnée, ta fille ?

– Elle voudrait bien le rencontrer avant d'aller plus loin, tu ne peux pas empêcher ça. Débrouille-toi et tiens-nous informés, la maison lui est ouverte et que ça reste entre nous !

– Je ferai le nécessaire, Boislambre, compte sur moi. Je ne veux pas jouer l'entremetteur trop longtemps.

8

Laurent, qui avait rejoint les Marcinac, revint aux Trois Marches à la fin de la deuxième semaine. En ce dimanche un peu gris, Esmeralda profita d'une absence de Chune de quelques heures pour s'accaparer Laurent qui avait presque oublié le fameux secret.

– J'ai besoin que tu m'écoutes attentivement. J'ai longtemps hésité avant de te parler. Il s'agit de ta vie, de tes origines.

Laurent eut un mouvement de recul.

– Mes origines ? Personne n'en sait strictement rien, je suis de l'Assistance publique.

Esmeralda connaissait la sensibilité du jeune homme, mais elle ne pouvait plus garder pour elle ce qu'elle savait. Elle prit le risque de la franchise. Avec le sourire.

– Il y a des secrets partout. Toi, par exemple, tu savais que je n'étais pas une vraie bohémienne, n'est-ce pas ? Comment le savais-tu ?

– Une intuition sans doute.

– Et Robin des Bois ? Sais-tu qui était cet homme que j'aimais et qui est mort dans le camp de Dachau ?

Laurent ne put s'empêcher de frémir en entendant ce nom maudit.

– Il était juif, comme tant d'autres, et on se croyait à l'abri du monde ici. Quelqu'un cependant savait et nous a trahis. Des miliciens sont venus me le prendre et je ne le reverrai jamais. Nous étions un couple heureux, et bohème, c'est vrai. On s'était rencontrés à Paris.

Malgré la compassion qu'il avait pour Robin, il ne put retenir sa question :

– Mais pour moi, vous disiez...

– J'y arrive. J'étais serveuse dans un café, lui était client. Voilà comment tout a commencé. Puis un jour, un couple sympathique s'est joint à nous, une jeune femme enceinte et son ami. On se voyait souvent. Et nous aimions rire. Je me souviens qu'on avait prévu d'aller tous ensemble au Bœuf sur le Toit, rue Duphot, pour voir Maurice Chevalier ou Mistinguett. Robin et cet ami faisaient des affaires, plutôt troubles, je crois. Un jour, il y a eu un règlement de comptes et cet ami a été tué, et Robin mis en prison. Plus tard, il s'est évadé et m'a donné rendez-vous ici, dans ce pays auvergnat. Il était sûr qu'ici, on ne viendrait jamais le chercher. Je suis demeurée seule à Paris quelque temps, et j'ai aidé cette femme, elle était sur le point d'accoucher, elle s'appelait Mireille Sylvestre.

– C'était ma mère ? hurla Laurent.

– Calme-toi, Laurent, ne m'interromps pas, sinon je ne vais pas y arriver. Elle a accouché, mais elle était très fatiguée, elle est tombée gravement malade. Alors, elle m'a donné une enveloppe avec ton nom, ta date de naissance, le 30 novembre 1922, et ceci : *À lui remettre à sa majorité.* Tu n'étais inscrit nulle part, tu n'existais que par toi-même et ce nom sur ce bout de papier. Puis elle m'a demandé de te déposer avec l'enveloppe épinglée sur tes langes devant la porte d'un hospice parisien, en attendant de te reprendre si elle recouvrait la santé. C'était quelques jours avant Noël.

Laurent pleurait à chaudes larmes dans ses mains.

– Mon Dieu, chuchotait-il, maman...

– Je n'ai pas eu le droit de te garder, elle me l'avait interdit. Mais je savais que tu portais une marque indélébile sur ton petit corps de bébé, une marque unique que tu as sous le bras, celle qui m'a bouleversée lorsque je l'ai vue. Je ne sais rien d'autre, Laurent, mais quelque part, à l'administration, il y a cette enveloppe qui t'attend, avec ton histoire. Voilà le secret que je voulais te livrer depuis que je t'avais retrouvé ici par le plus grand des hasards.

Il essayait de se reprendre, mais les sanglots l'étouffaient. Il saisit Esmeralda dans ses bras et la serra contre lui, désespérément, sans pouvoir prononcer un mot.

– Lorsque j'ai accompli ce que m'avait demandé ta mère, j'ai tardé à revenir dans cette chambre sous les toits. Une triste nouvelle m'y attendait. Ta pauvre maman était morte et une ambulance l'avait déjà emmenée. Je me suis alors enfuie de Paris pour me réfugier ici, et attendre Robin. Nous étions tous sans le sou, comment vivions-nous alors, je me le demande encore. Nous voilà liés par ce secret, mon pauvre Laurent. Quant à moi, je ne sais pas même d'où je viens, une enfant trouvée. La vie est à vivre au jour le jour pour certains, pour d'autres elle installe le futur. L'habit de bohémienne ainsi que le prénom que je me suis donné m'aident à tirer la charrette...

Elle posa la main sur son bras.

– Encore une chose, mon petit Laurent, une dernière petite chose : Tu as le sourire de ta maman. Cet héritage en vaut bien d'autres, mais le sourire d'une mère, j'aimerais, moi aussi...

Il sut alors pourquoi elle aimait le voir sourire.

– Merci, Esmeralda. (Il eut un regard vers la maison.) Vous leur direz que j'avais oublié un rendez-vous de chantier, je dois partir.

Elle le regarda disparaître dans le crépuscule brumeux qui l'enveloppa, et très vite le dissimula aux autres, à tous les autres.

Il marchait comme on va à la fête. Pour la première fois, dans sa tête, son cœur, dans tout son être, chantait une impression nouvelle, un trouble, certes, mais la sensation enivrante de n'être plus tout à fait seul au monde. Désormais, un lien, un fil, un mince fil le raccrochait à son destin. Esmeralda lui avait transmis un bout de ce lien, qui ne le conduirait peut-être nulle part, mais qu'il lui incombait de saisir. Sa mère (oh que ce mot était doux à son âme...), sa mère avait voulu qu'il sache, et il saurait. Oui, il irait vers cette administration qui détenait, il l'espérait de toutes ses forces, la preuve de son histoire, la vraie, celle que sa mère, de sa propre écriture, avait couchée sur le papier. Pour son enfant. Pour lui.

Chez les Boislambre, on attendait des nouvelles de l'inconnu qui, décidément, se faisait attendre. Lalise s'impatientait, l'envie la tenaillait au ventre. Marcellin l'informa un jour que l'homme hésitait pour la rencontrer... Alors Lalise fit une crise de colère énorme. Elle cria, hurla, traitant ses parents de responsables – propos inconvenants jamais tenus auparavant. Elle voulait absolument connaître cet homme.

Marcellin lui annonça, quelques jours avant Noël, l'intention du prétendant. Il viendrait la rencontrer entre Noël et le premier de l'An.

Les Boislambre, Laurent et les Favre décidèrent de se rendre ensemble à la messe de Noël, le 24 décembre, comme autrefois. Esmeralda participerait, ainsi que Firmin, pour la première fois.

Dans l'église, on identifiait les présents et on priait pour les absents. Recueillement, silence absolu. On aurait pu entendre battre les cœurs et couler les larmes.

Au retour, les deux familles se rapprochèrent tant et si bien qu'un groupe compact suivait les lanternes ressorties pour l'occasion.

– Faudra venir veiller un soir, dit une voix.

– C'est entendu, reprit une autre.

Devant une bonne table, les esprits se libérèrent sensiblement. Firmin parla des maquisards, des vrais et des faux, des opérations qu'ils avaient organisées. Laurent parla peu, si ce n'est d'un gros chantier de construction qui posait de délicats problèmes.

L'homme s'habilla comme pour aller à une cérémonie, à la messe où à un enterrement. Chemise claire, gilet à cinq boutons et montre-gousset sous une veste ouverte. Il avait fort belle allure sous son chapeau de feutre noir. Son pantalon lui serrait un peu la taille mais c'était supportable. Prétextant un rendez-vous à la ville, il partit de sa propriété après le déjeuner.

Ce vendredi 28 décembre serait à marquer d'une pierre blanche !

Chez les Boislambre on attendait, car à bien compter, il ne restait que peu de temps avant le jour de l'An. La mère tenait sa maison plus propre que d'habitude, il fallait faire bon effet à ce visiteur.

Sous le froid soleil, l'air vif chassait le moindre passereau des haies déshabillées.

Lorsque Jean Boislambre vit apparaître tout d'abord le chapeau, puis le reste qui avançait dans le chemin en direction de sa maison, il manifesta une certaine méfiance. Ayant reconnu son voisin qui précédait l'autre, il se gratta la tête. « Tiens, tiens, se dit-il, il ne vient pas tout seul, il a donc besoin de Favre pour s'expliquer, le Monsieur... »

Jean Boislambre le pria d'entrer et de s'asseoir en attendant sur le banc de la grande table.

La mère et la fille tournaient dans la maison, jetant souvent un œil sur l'extérieur.

– Si je comprends bien, il va arriver d'un moment à l'autre, dit le maître de maison.

Marcellin fit semblant de ne pas avoir entendu et s'adressa à Lalise :

– Alors Lalise, tu as réfléchi, tu as dû penser à mille choses, mille détails. Tu es inquiète, je le vois dans tes yeux, et pourtant il n'y a rien à craindre.

– Je vous dirai après l'avoir vu, savez-vous s'il va tarder ?

– Peut-être qu'il ne viendra pas aujourd'hui, peut-être que...

– Tu nous amuses Favre ? explosa Boislambre. Hein ? Tu te moques de nous ? Viendra-t-il oui ou non ce Môôssieu ?

Prenant ses aises, Marcellin répondit en regardant la mère et la fille :

– Il ne peut pas arriver puisqu'il est déjà là...

– Comment ça, là ? dit Lalise qui s'énervait, je ne comprends pas.

– Moi, je crois comprendre, dit Boislambre d'une voix mourante.

– Et tu comprends quoi, Jean ? Qu'est-ce qu'il faut comprendre, hein ? dit Marie.

– Le Môôssieu en question, c'est lui, dit-il en haussant le ton et en le montrant du doigt.

Marcellin Favre ne parlait toujours pas. Lalise le dévisagea et lui demanda :

– C'est vous ? C'est donc vous qui avez monté toute cette machination ? Dites-le-moi tout de suite !

– C'est bien moi, en effet.

– Vous vous moquez du monde, alors, vous vous moquez de nous autres, c'est pas bien de nous faire ça à nous, dit Mme Boislambre qui s'était assise de stupeur.

Boislambre, appuyé de ses deux mains sur la table, face à lui, le couvait d'un regard méprisant :

– Qu'est-ce que tu veux, Favre ? Dis-le-moi en face, dit-il d'une voix trop douce.

– Je veux épouser ta fille Lalise et l'aider à élever son petit, c'est tout simple.

– Et à moi, vous ne demandez pas mon avis ? hurla Lalise. Vous croyez quoi ? Pouvoir tout acheter avec vos sous ? Je ne suis pas à vendre !

– Je ne veux pas t'acheter, je veux partager ce que j'ai avec toi.

– Vous êtes un salaud, épouser une femme si jeune, vous un..., dit la mère qui ne put trouver le mot juste.

– Je ne suis pas si vieux, et j'ai les moyens d'assurer et de faire face aux engagements que je propose. C'est une chance pour Lalise et son petit, c'est une chance que vous ne retrouverez jamais, affirma-t-il avec force et conviction.

Lalise pleurait maintenant sur sa chaise.

– J'avais pensé adopter le petit, mais je crois que ça ne se fera pas...

– Pourquoi tu ne m'as pas parlé plus tôt, tandis que là, comme ça, tout d'un coup... On ne s'attendait pas à te voir ici, Favre.

Lalise, dans son coin, jetait de temps à autre un coup d'œil furtif sur Favre endimanché. Elle qui, d'habitude, aimait sa compagnie, le regardait avec crainte. Elle aurait dû s'en douter, évidemment, mais pourquoi n'y avait-elle pas pensé ? Et Chune non plus, elle si perspicace !

– Je crains que ni ma situation, ni ce que je te propose ne t'intéressent, Lalise, dit Marcellin avec une tristesse dans la voix. Tu espérais quoi ou qui au juste ? Explique-moi.

Tous les Boislambre demeuraient muets, impressionnés, choqués. Ça bouillait dans leur tête.

Soudain le petit Pierre déboula dans la pièce, comme sorti d'une boîte. Lalise l'attira vers elle comme pour le protéger.

– Jamais je ne ferai de mal à ce petit, j'étais venu lui apporter un avenir, simplement. Quant à toi, Lalise, je ne t'aurais pas demandé de partager ma chambre contre ton gré !

La mère n'y comprenait plus rien et le père se retenait.

– Alors ? demanda Marcellin en se levant, quelle est ta réponse, Lalise ?

Elle fit non de la tête, d'un air catégorique.

– C'est regrettable pour toi, mais je ne t'en veux pas

pour autant. Tu me plaisais beaucoup, Lalise, j'aurais été pour toi un bon mari, et quant au petit...

– Ça ne se commande pas ces choses-là, dit la mère en haussant la voix.

Favre lui sourit.

– Vous avez raison, mais ça peut se proposer, et dans certains cas produire des ménages aussi bien que d'autres. Qu'y a-t-il de déshonorant dans ma demande ?

Il prit son chapeau qu'il avait posé sur un coin de table et ouvrit la porte. Alors qu'il passait le seuil, Boislambre eut un geste vers lui, mais avant qu'il ne prononçât le moindre mot, Favre lui dit :

– Ne te dérange pas, aujourd'hui on ne s'est pas battus et c'était bien plus important, nous vivrons comme avant, rassure-toi.

Il repartit comme il était venu, imposant, la défaite en tête, certes, à moins que ce ne fût une stratégie.

Lalise, vexée, se retira dans sa chambre. Ce n'était pas tant la demande de Marcellin qui l'avait choquée, que la manière dont il avait pratiqué. Lui dire qu'un homme comme il faut, et patati et patata. Elle se sentait blessée, frustrée. Comment l'annoncer à Chune ? Elles se devaient leurs secrets. Les Boislambre en discutaient encore lorsqu'elle les rejoignit enfin.

– Il faut bien continuer à vivre, dit Jean à sa fille, oublie cette proposition qui t'a déboussolée. Petit Pierre ne doit pas en pâtir, surtout, plus il va grandir, plus il va comprendre. Tu auras d'autres situations à surmonter, d'autres problèmes à résoudre, il faut conforter ton caractère.

– On n'en parle plus, dit Lalise avec un timide sourire.

– Faut dire qu'il s'était mis sur son trente et un le Marcellin ! dit Marie en éclatant de rire.

Lalise sourit à son tour, et la bonne humeur leur revint à tous trois.

Mais ce soir-là, aucun d'eux ne s'endormit dans la quiétude.

Le mois de janvier ouvrait une année sans guerre. Mais reprenaient de plus belle, à en croire les journaux, les querelles de clans et de partis.

Le froid s'était installé de manière habituelle, sans excès.

Lalise vint rencontrer furtivement Chune pour l'inviter chez elle. Depuis cette fin décembre, les veillées avaient donné du temps aux discussions chez les Boislambre.

Lorsque Lalise eut exposé la situation à son amie, celle-ci en demeura interdite.

– Je comprends à présent pourquoi il paraissait distant, la pensée ailleurs, dit Chune. Crois-tu qu'il sache pour le petit ?

– Je ne crois pas, je suis convaincue qu'il me l'aurait fait savoir.

– Depuis la mort de Paul, il n'est plus le même, mais

de là à te demander en mariage... Te rends-tu compte de la situation ?

– Naturellement j'ai refusé, et on s'est même énervés sur le moment. « C'est regrettable pour toi », m'a-t-il dit, et il a ajouté qu'il ne me prendrait pas dans son lit contre ma volonté !

– Tu deviendrais ma belle-mère ? C'est bien ça ?

Malgré la surprise, Chune ne put échapper au fou rire, et Lalise d'en faire autant.

– Je crois bien que tu as raison !

Puis Chune se mit à réfléchir intensément, en se rongeant les ongles : « Il ne restera pas seul », songeait-elle.

– Je préférerais que ce soit toi plutôt qu'une autre, après tout.

– Quoi ? Tu me demandes d'accepter ? Chune, mon amie, ne te moque pas de moi, regarde-moi ! Tu me vois avec ton père ? Sincèrement ?

– Je te préfère mille fois à une autre et puis nous savons que ce petit est bien à nous, tu devrais y réfléchir.

– Chune, tu es bien sûre de ce que tu me dis ?

– Plus j'y pense, et plus je crois que tu devrais accepter. Tout à l'heure j'ai été surprise, choquée même, mais après réflexion, qu'y a-t-il de mal ? Mon père est un homme respecté, il est bel homme, il t'offre le mariage et ne te demande pas de coucher avec lui. Tu n'en trouveras pas un autre ainsi, c'est certain. Il faut aussi qu'il t'aime pour s'être imposé ça. Et moi, je serai là, nous nous sommes juré une amitié sans faille, t'en souviens-tu ?

Abasourdie ! Lalise se laissa choir sur une chaise, abasourdie par les propos de Chune. Laquelle des deux avait soudain perdu la raison ?

Mais Chune était convaincante, ses arguments sensés. Dans l'esprit bouleversé de Lalise, non seulement la pensée s'accrochait, mais elle faisait son chemin, elle n'eut bientôt plus rien à opposer. Les obstacles des premiers instants semblaient gommés un à un.

Elles discutèrent encore longtemps, dans un apaisement singulier. Il y eut quelques soupirs, bien sûr, puis, doucement, tout doucement, Lalise changea d'attitude.

Lorsqu'elle annonça à ses parents son nouvel état d'âme, ceux-ci acceptèrent sa décision, sans discussion, et même la félicitèrent. Dans leur for intérieur, ils savaient que la vie offrait là un merveilleux cadeau à leur fille. Mais, prudence, rien n'était encore fait.

Espérant que Marcellin Favre n'eût pas changé d'avis, Boislambre, pour la dernière fois, se décida à aller le rencontrer sur ses terres. Une telle aubaine ne souffrait pas le moindre retard qui eût pu rompre ce qui était encore possible.

Le père Favre, dans son étable, en train de soigner ses bêtes, l'aperçut dans l'entrebâillement de la porte.

– Viens-tu me donner un coup de main pour remplacer Firmin ou voudrais-tu autre chose, Boislambre ?

– Je peux t'aider un moment, mais je voudrais te parler, il y aurait du nouveau.

– À propos de quoi ?

Boislambre ne répondit pas, et tous deux sortirent le fumier jusque sur le grand tas, dehors.

– Elles sont belles tes vaches, tu ne leur économises pas le foin !

Le travail terminé, Marcellin, appuyé sur sa fourche, regarda son voisin.

– De quoi s'agit-il, Boislambre ? je suis pressé.

– Il s'agit de Lalise.

À ce moment-là, Marcellin embrocha dédaigneusement une fourchée de paille et dit :

– Ta fille Lalise ? Que se passe-t-il ? Il me semble qu'elle m'a flanqué dehors lors de notre dernière rencontre, non ?

– Elle a réfléchi et changé d'idée, voilà ce que j'ai à te dire, Favre.

– Moi aussi j'ai changé d'avis !

Ce fut comme un coup de poignard pour l'autre, qui n'avait pas imaginé un tel revirement. Un silence âpre tomba entre eux. Seul le bruit des ruminants tirant le foin des râteliers, leur souffle, un meuglement, parfois le tiraillement de leur chaîne meublaient ce confinement chaud des étables en hiver. Au bout d'un moment :

– Je ne veux plus adopter le petit Pierre !

– Ça change tout, je n'ai plus rien à faire ici, tu peux le comprendre.

Déjà il se dirigeait vers la porte.

– Ne te sauve pas si vite, je ne veux plus adopter le

petit mais je désire le reconnaître, lui donner mon nom, comprends-tu ? Le légitimer par mariage.

Boislambre ne saisissait pas la subtilité. Adopter ou reconnaître, pour lui c'était la même chose.

– Si la condition que j'y mets est satisfaite, le petit aura désormais un père et s'appellera Favre.

– Quelle condition ? demanda Boislambre, méfiant.

– Tu imagines bien que ce que je propose est colossal, personne ne fait ce genre de chose, alors j'exige une dot importante pour ta fille.

– Nous n'avons pas d'économies suffisantes, nous ne pourrons pas, Favre, malgré notre bonne volonté. Ce que tu demandes est impossible, pourtant je donnerais tout ce que j'ai pour que ma fille soit heureuse et le petit aussi, nous n'avons pas d'autre enfant.

– Donne-lui la ferme en dot et nous travaillerons tous ensemble !

Le sang grimpa immédiatement au visage de Boislambre. Sans réfléchir, il empoigna Marcellin par les bords de sa veste et le renversa au sol. L'autre, plus jeune, ne s'en laissait pas compter, et les coups de poing partirent de tous côtés. Ils s'agrippaient, se renversaient, se rouaient de coups en s'insultant, la bave aux lèvres, tantôt l'un dessus, tantôt l'autre, dans l'allée où le purin s'écoulait, emportant çà et là une bouse fraîche. Les bêtes, insensibles au match, ne leur accordaient pas un regard.

– Me faire ça à moi ! Jamais ! Salaud !

– Tu me le paieras ! Bandit ! Escroc !

Jamais, de mémoire de paysan, on n'avait vu deux

hommes se souiller autant dans les déjections animales. Et puis, à bout de forces, étendus côte à côte dans la fange, les adversaires s'arrêtèrent enfin, épuisés et méconnaissables. Ils se relevèrent, honteux, gluants et puants.

– Ce serait la propriété la plus grande du canton..., dit Marcellin.

– On y travaillerait tous ensemble, on nous jalouserait..., lui répondit Boislambre.

Et l'incroyable se réalisait, ici, dans une étable.

– On se bat toujours pour des problèmes de clôtures, mais cette fois-ci, c'est pour les supprimer entre nous ! Il en aura fallu du temps !

– Oui, il en aura fallu !

9

Février 1946. Effervescence aux Trois Marches. Marcellin Favre vient d'annoncer la nouvelle à Chune.

– Je m'attendais à des observations de ta part, mais tu ne dis rien. Certains ne se gêneront pas pour cancaner. Ça ne t'ennuiera pas ?

– Tu as réalisé une opération qui t'arrange, je le sais. Je souhaite que tu sois gentil avec Lalise, elle le mérite et son petit aussi. Tu vas donc avoir un fils, Pierre Favre, ça sonne bien !

– Le nom ne sera pas perdu alors que je croyais le contraire, pour moi et...

– Je m'appelle encore Favre, affirma Chune en se redressant, tu sembles l'oublier.

– Quant tu te marieras, tu porteras le nom de ton mari et tu n'auras pas de petits Favre, c'est important pour notre famille de le conserver. Nous allons unifier les domaines, te rends-tu compte ? Et Pierre plus tard aura...

– Quand pensez-vous régulariser ? coupa-t-elle avec résignation.

– Dans l'été. Il y a tellement de papiers à faire et à fournir pour les terres, et puis je voudrais modifier la maison pour Lalise, j'ai des idées en tête.

– Je ne désire pas laisser ma place ici, et Lalise le sait, jamais je ne partirai, ou alors avec la moitié des terres.

Il se leva d'un bond, le regard pénétrant. Chune avait du caractère, il le savait, mais à ce point-là ! Lui tenir tête sur le domaine qui allait devenir tellement important pour lui !

– Que veux-tu dire ?

– Je resterai ici, je te l'ai déjà dit, ne l'oublie jamais. Nous nous l'étions promis avec Paul.

Marcellin s'était assis et réfléchissait. Elle n'en démordrait pas et son attitude risquait de remettre en cause ses projets. Voyant qu'il y avait fort à faire, il réussit à se dominer.

– je voudrais modifier l'intérieur de la maison, installer des W-C intérieurs et une salle de toilette, et puis une chambre à côté de la mienne sera nécessaire, une femme et un enfant de plus, ça prend de la place. Ça va engager beaucoup de sous.

– Nous n'avons jamais tant vendu de nos produits, tu dois avoir un joli magot, il faut bien s'en servir, tu as là une bonne occasion d'améliorer ton patrimoine. Moi, je ne te coûte pas très cher !

– Et toi, avec ton Laurent, où en êtes-vous ?

Prévenu par Chune, Laurent avait marqué une surprise modérée quant au mariage de son père.

Chune ne répondait pas, elle réfléchissait, elle aussi.

– Laurent est heureux chez les Marcinac, et moi ici. Et en même temps nous nous aimons, c'est comme ça. Il a parfois des moments de tristesse où son esprit semble partir vers des endroits où je ne peux pas le suivre. J'aimerais qu'il me demande en mariage, mais je ne peux pas le lui imposer. Il n'a pas de dot, lui...

Mauvaise moue chez Marcellin.

– Vous vous entendez bien toutes deux avec Lalise, et puisque tu ne veux pas quitter les Trois Marches, je vais trouver une solution pour que la cohabitation soit réussie. Une nouvelle femme dans cette maison ne doit pas en chasser une autre. Je viens d'avoir une idée, tu me forces à réfléchir, Chune, et je dois penser au domaine tout entier. Viens, accompagne-moi dehors, couvre-toi d'abord.

Malgré la couche de neige qui recouvrait le pays, ils se dirigèrent sur le côté de la maison et Marcellin faisait de grands gestes avec ses bras. Ça ressemblait à la description d'un bâtiment. Puis ils rentrèrent.

– Je dois reconnaître que tu me surprends toujours, papa.

– Les Trois Marches, te rends-tu compte de ce que ça va devenir ? Nous devons en parler le plus tôt possible avec Lalise, tous les trois. Il y a même la place pour ton Laurent, s'il le veut !

Laurent s'était rendu au siège de son administration, les bureaux de l'Assistance publique. Sa demande de consultation de son dossier personnel parut farfelue, et il dut établir une demande écrite, afin qu'elle aboutît. La secrétaire ne comprenait pas pourquoi il s'obstinait pour obtenir cette vérification.

Un courrier lui parvint huit jours plus tard, l'invitant à se présenter avec ses papiers d'identité, sans avancer le moindre motif. Un nouveau personnage le reçut dans son bureau austère.

– Nous avons votre dossier, monsieur Laurent Sylvestre. Que voulez-vous savoir de plus que l'on ne sache déjà ?

– Je voudrais le consulter, je suis majeur et j'ai ce droit, n'est-ce pas ?

– S'il n'y a rien de confidentiel, oui.

L'homme parcourut les quelques feuillets où figuraient les différents lieux de placement successifs. Sous le repli d'une sorte de jaquette intérieure, où l'on place généralement ce qui ne doit pas s'égarer, dépassait ce qui ressemblait à un coin d'enveloppe.

Laurent la montra du doigt sans rien dire, mais en insistant du regard. L'homme souleva le rebord de la jaquette et, en effet, apparut une enveloppe beige avec une inscription manuscrite que l'homme lut.

– Vous étiez à la guerre, n'est-ce pas ? Voilà la raison de ce retard, nous avons tellement de travail. Les dossiers ne se rouvrent pour ainsi dire jamais. Tenez, ces papiers sont pour vous, ajouta-t-il d'un air détaché.

Puis, curieux :

– Pourquoi êtes-vous venu consulter votre dossier ? Une intuition peut-être ?

– Tout à fait par hasard.

Il repartit avec son cher trésor, sans avoir convaincu le fonctionnaire.

Il se réfugia sous un arbre pour procéder à l'ouverture du précieux document. Il retira une feuille de papier repliée sur une photographie, mais une page vierge, sans le moindre mot, rien. Un nom manuscrit au dos de la photo : Mireille Sylvestre. Un visage, un beau visage de très jeune femme, les cheveux clairs comme les siens, un sourire juste esquissé. « Maman ! Maman ! Je te connais enfin, comme tu es belle, merci maman de m'avoir laissé ton visage. J'aurais aimé davantage de détails, mais c'est tellement formidable de te voir, enfin. »

À force de la regarder, de pleurer, de sangloter, ses yeux ne parcouraient plus rien, vitres opaques de son âme.

Lorsqu'il rentra aux Trois Marches, il glissa à Chune :

– Ma petite Chune, je vais te présenter ma mère, viens !

– Laurent ? Que se passe-t-il ? Tu es fou ! Que veux-tu me dire ?

– Regarde, lui dit-il en lui montrant la photo. Regarde comme elle est belle !

Puis il appela Esmeralda et lui posa cette simple question :

– Dites-moi qui est cette personne ?

Elle retint un cri et posa la main sur sa bouche, sans oser répondre. Puis, sous le regard insistant de Laurent, elle se décida :

– Mireille Sylvestre, ta maman.

Prise de sanglots, elle voulut s'écarter mais Laurent la saisit et la serra dans ses bras.

– Merci Esmeralda, mille fois merci.

Chune, visiblement, n'y comprenait plus rien. Il se tourna vers elle :

– Je te raconterai, Chune, mais à partir de maintenant, j'ai une mère qui repose quelque part, je ne suis plus seul.

Et il ferma les yeux d'où s'échappèrent des larmes qu'essuyait Chune.

Presque à la dérobée, Esmeralda voulut en savoir davantage sur la lettre de son amie Mireille.

– Tu es content de ce que t'a laissé ta mère, Laurent ?

– Oui, très content.

– Que dit-elle dans cette lettre ? Elle t'a raconté cette histoire avec son ami qui l'adorait ? parce qu'il l'adorait, je peux te l'assurer.

– Elle me raconte la même histoire que vous, et me dit les mêmes choses que vous m'avez dites.

– Excuse-moi, Laurent, mais je suis plus tranquille maintenant que tu sais.

Laurent se prit à sourire. Il n'y aurait plus de questions désormais.

Le temps était aux grands événements, car plus avant dans la soirée, Marcellin et sa fille s'expliquèrent sur des projets d'agrandissement.

– Tu seras doublement concerné, Laurent. Pour commencer, la construction, et pour terminer l'habitation, si tu veux toujours de ma fille. La famille s'agrandit, c'est le moment des grandes manœuvres. Dans quelque temps, on ne reconnaîtra plus les Trois Marches !

– Quand faites-vous le pain, monsieur Marcellin ?

Tous le regardèrent, intrigués.

– Pour la première fois, j'ai envie de faire le pain avec vous !

À la ferme des Boislambre, il y avait eu un orage entre les parents. Marie acceptait mal l'exigence de Favre, se sentant dépouillée de tous ses biens, écorchée, disait-elle dans ses mauvais moments.

– Ils voulaient les terres depuis toujours, Jean, depuis toujours. Aujourd'hui, on les lui donne !

– C'est pour Lalise qui a aussi ce petit, ne l'oublie pas, qu'aurions-nous fait si un autre gendre s'était présenté ? S'il avait demandé la ferme avec la fille ? sans compter que le petit, il aura un nom et je pense qu'il ne sera pas à plaindre, même s'il n'avait pas à rougir de celui de sa mère.

– Et nous deux ? Tu penses à ce qu'on va devenir, nous deux ? Je me fais du mauvais sang, Jean. Et toi, à quoi songes-tu quand je te vois la tête dans les mains, les yeux ailleurs ?

Jean Boislambre savait qu'il s'était fait rouler par le voisin, mais en même temps, pour sa fille unique...

Quant à Lalise, elle se préparait à une autre vie, mais sans repères, comme malgré elle, et pourtant elle semblait sereine en apparence. Son principal appui serait Chune, tout naturellement.

Favre se rendait de temps en temps chez Boislambre, il le fallait. Si le projet des deux hommes portait sur la future et grande exploitation agricole, il n'était pas de même nature entre les futurs époux. Marcellin se montrait tendre envers Lalise, et doux avec Pierre qui d'ailleurs ne craignait pas son approche. Lalise faisait en sorte que le rapprochement se réalisât dans les meilleures conditions, et avait trouvé pour ce nouveau père le nom de Papelin – entre papa et Marcellin – chacun y trouvant son compte. On aurait pu entendre Marcellin Favre lui dire :

– Pierre, viens voir les vaches de Papelin, et si tu es sage, tu auras une surprise...

Et Lalise conduisait le petit Pierre à la grande ferme d'en haut, et tentait de lui dire que bientôt il habiterait là, avec Papelin.

– Nous aurons une grande chambre pour nous deux, toute nouvelle, et tu pourras te rendre chez tes grands-parents autant que tu le voudras.

Marcellin souriait, Chune aussi. Un souci laminait cependant l'esprit de Lalise. Comment allaient vivre ses parents qui allaient céder leur propriété ? Marcellin tentait de la convaincre :

– J'ai besoin de ton père, je lui assurerai une rente confortable équivalant à un métayage amélioré. Ce sera intéressant pour tous, et tu peux dormir tranquille, nous ne nous battrons plus jamais. Il connaît ses terres, ses sols, nous les grouperons pour l'exploitation. J'engagerai des emprunts pour des bâtiments et du matériel, ce sera notre affaire à tous.

– Je suis submergée par tous ces événements, tout va si vite. Mes parents aussi sont dépassés, ils n'auraient pas imaginé ces changements.

– Pour les rassurer totalement, dis-leur qu'à l'heure de leur vieillesse, tu seras toujours auprès d'eux.

Marcellin consulta une entreprise capable d'effectuer les modifications prévues dans sa maison, en exigeant une date de fin de travaux très précise.

– Vous êtes bien exigeant, monsieur Favre, et pressé, nous manquons d'ouvriers.

– Il va y avoir du changement dans la famille, il faut bien que j'améliore l'habitation du mieux que je peux.

Avec un clin d'œil, l'artisan – qui croyait savoir – lui glissa à l'oreille :

– La petite va se marier, c'est pas un grand secret, maintenant qu'il est revenu...

Le montant des travaux se négocia en produits fermiers, pour une bonne moitié.

Favre et Boislambre se rendirent tous deux chez le notaire du village, car cette dot n'était pas une mince affaire. La protection des époux Boislambre fut enregistrée ainsi que les conditions y afférant. La réunification des Trois Marches se réaliserait !

Pour cette année encore, chacun exploiterait ses terres, mais en prévision de l'année à venir, des dispositions s'imposeraient. La saison ne s'annonçait pas des meilleures, les conditions climatiques peu favorables, et les récoltes pour le moins insuffisantes. Pourtant le marché noir, lui, se portait à merveille et les produits manquaient pour répondre à la demande.

Le monde de l'agriculture devait nourrir un peuple urbain toujours plus démuni, et malgré une main-d'œuvre rarissime – il manquait tant d'hommes – le défi devait réussir. Si la guerre était officiellement terminée depuis mai 1945, un nombre important d'hommes se trouvaient encore sous les drapeaux. Les exploitations familiales de faible superficie disparaissaient au profit des plus importantes. Les propriétaires exploitants possédant plus d'hectares obtenaient des prêts auprès du Crédit agricole mutuel plus aisément, les garanties hypothécaires s'appuyant toujours sur les terres.

Quant à Lalise et Chune, pour qui la situation était nouvelle, elles partageaient tout, et leur connivence mettait en place l'harmonie de leur vie future, côte à côte. Chune aimait la mécanique, tout ce qui était matériel, qui produisait du bruit et sentait l'huile de moteur, la machinerie des moissonneuses-lieuses et les courroies des batteuses. Lalise, elle, se passionnait pour les animaux, les récoltes, la terre qu'elle aimait sentir sur ses bottes et sur ses mains.

– À nous deux, nous pourrions exploiter le domaine, nous avons plus d'idées qu'il n'en faut et des bras tout neufs.

Et de se réjouir par avance d'un avenir prometteur. Les idées arrivaient à foison !

Si Marcellin débordait de tendresse pour sa future et jeune épouse, Lalise se sentait prête à lui témoigner davantage encore.

Quant à Laurent et Chune, ils s'aimaient d'un amour vrai. Mais Laurent attendait pour s'investir dans le mariage, même si aux Trois Marches on avait décidé de construire une maison pour son ménage. Chune et lui avaient esquissé des projets et Marcinac donné quelques conseils. Ils furent enfin d'accord sur un plan qui saurait s'intégrer aux lieux existants et satisfaire leurs souhaits.

Au fil des jours, Laurent informa Chune des différences observées chez les paysans allemands. La propreté des fermes, leurs commodités sanitaires, leur éclairage, parfois la beauté des décorations intérieures. Pour le matériel, la ruralité auvergnate, fort en retard, ne disposait que de vieux engins. Peu ou pas de tracteurs, pas de moissonneuses-batteuses qui existaient là-bas. Des champs aux accès larges, des prés grands et propres, des terres productives.

Chune enregistrait toutes ces informations.

– Dis-moi, Laurent, raconte-moi encore. Nous allons tout moderniser ici, et avec Lalise, transformer le domaine.

– Tu penses vraiment que ton père vous laissera

faire ? Il demeure le maître de la propriété, oui ou non ? Sois réaliste, Chune.

– À nous deux, nous réussirons, Lalise est une alliée et jamais nous ne nous trahirons ! Et toi, tu me donneras un jour ce que j'attends, la plus belle chose qu'un homme puisse donner à une femme, un enfant !

– C'est pourtant une femme qui donne à ton père un fils qui deviendra un Favre !

Chune demeura silencieuse. Elle avait son idée...

Le mariage se préparait. Ce serait une modeste fête ayant pour cadre les Trois Marches. La future mariée voulait une tenue simple, mais Marcellin intervint. Il exigea que sa future femme se présentât vêtue d'une magnifique robe blanche ! Les Boislambre en eurent le cœur serré d'émotion. Une couturière fut requise et le tailleur eut du pain sur la planche avec les tenues des deux beaux-pères.

Seule réserve : on ne danserait pas durant cette journée, par respect ou pensée pour ceux qui n'étaient plus. Esmeralda préparerait la cuisine mais ne servirait pas, des suppléantes la remplaceraient, autre souhait de Marcellin. Chez les Favre, les aménagements et la nouvelle chambre avaient belle allure, une tapisserie à grosses fleurs finissait l'ensemble qui n'attendait plus que deux lits, un grand et un petit, et une armoire à glace commandés sur le catalogue LÉVITAN.

La moisson se terminait alors qu'arrivait la fin du

mois, et ce fut le samedi 27 juillet 1946 que se déroulèrent les deux cérémonies, l'une à la mairie et l'autre à l'église.

Les curieux se pressaient pour voir passer le cortège d'une quinzaine de personnes, ne manquant pas au passage de médire sur cette alliance dérogeant quelque peu aux usages. Si Marcellin portait bien son costume noir, ouvert sur un magnifique gilet en velours portant chaîne et montre en or, que dire alors de Lalise ? L'art de la couturière allié à celui de la coiffeuse avaient permis ce miracle de dissimuler les vilaines cicatrices, à tel point que des mégères s'exclamèrent : « Comment a-t-elle fait, mais où sont ces traces affreuses qu'elle portait avant ? » Et d'autres d'ajouter : « De toute façon, cachées ou pas, c'est pas cet endroit-là qui intéresse le Marcellin... »

Quant à petit Pierre, vêtu d'un gilet et d'un pantalon de velours sur chemise blanche, il ne lâchait pas la main de sa mère. Si la splendide robe le gênait un tantinet, il s'en accommodait fort bien, même s'il trébuchait parfois.

Les cloches carillonnaient. Le cœur de Chune, au bras de Laurent que tout le monde remarquait, battait fort. « Il y aura un autre mariage sans tarder ! » pouvait-on entendre çà et là. Esmeralda donnait le bras à son cavalier, Firmin, qui pour l'occasion s'était habillé et séparé de sa casquette. Les parents Boislambre avaient aussi engagé des frais, et ce fut fièrement que Jean conduisit sa fille à l'autel, Marie retenant le petit.

Après l'échange des consentements, la tradition voulait que tous se rendent au café pour trinquer et souhaiter le bonheur aux mariés. Des amis, des connaissances se pressaient, et le champagne pétillait. Lalise était si jolie !

Tandis qu'aux Trois Marches on s'affairait pour ce menu qui attendait les convives auxquels se joindraient le curé Treuil et monsieur le Maire, chez les Boislambre, un neveu et une nièce vinrent également, ainsi qu'un parent et son épouse.

De grandes tables s'étiraient dans le verger, assez proche du four. Sur des nappes blanches décorées de verdure, les couverts étaient alignés, les verres rangés, sages dans leur impeccable transparence.

Au menu du déjeuner : Hors-d'œuvres variés, jambon d'Auvergne, médaillon de veau Mornay, haricots panachés, gigot, salade, fromages, tarte *« Esmeralda »*. Et pour les vins : bergerac et champagne.

Au menu du dîner : Potage, bouchée à la reine, petits pois, pintade, salade et fromage.

Vins : bergerac, champagne et liqueurs.

Le représentant du peuple et celui de l'Église quittèrent les Trois Marches avant le dîner. On trinqua au bonheur des époux, à la propriété et à cette « association nouvelle », comme disait Marcellin, qui allait bouleverser les Trois Marches.

Ce soir, pour la première fois, Lalise et petit Pierre ne dormiraient pas chez les Boislambre.

Dans la mi-temps d'août, Laurent eut quelques jours de liberté, qu'il décida de passer aux Trois Marches. Non qu'il voulût se dorer au soleil, mais pour aider aux travaux habituels et aux battages en particulier. Les grandes chaleurs vivaient leurs dernières semaines, dans ce pays de montagne où les vents des collines et des vallées se rappellent vite aux bons souvenirs des habitants.

Une envie soudaine prit Laurent et Chune de s'enfuir en courant le long des champs et de se diriger vers la Vigourette... La gaieté semblait enfin rayonner sur le visage de Laurent.

– Quel plaisir de revivre dans ces sentiers, de plier les fougères folles et de se retrouver comme avant, ici, près de ce ruisseau. Te souviens-tu, Chune ?

– Ce que tu m'as appris, je vais te prouver que je ne l'ai pas oublié, dit-elle en entrant dans l'eau claire, les jupes relevées et nouées entre les jambes.

Laurent, plus à l'aise dans son short, rejoignit Chune. Ils retrouvaient leurs rires, leurs manies, sans pour autant oublier de partager des petits baisers par-ci, par-là.

– Il manque Lalise et Paul, dit Chune.

– On ne retrouve jamais tout à fait le passé, mais aujourd'hui, j'ai autre chose, j'ai toi que j'aime à la folie, dit Laurent en prenant Chune dans ses bras et en la soulevant de toutes ses forces et très haut.

Laurent n'avait pas l'habitude de s'exprimer ainsi.

– Je savais que tu deviendrais très fort, Laurent, je crois que je vais t'aimer toujours.

Et dans leurs yeux, leurs sourires noyés sous les baisers, naissait ce bonheur qu'ils voulaient éternel.

Après quoi les truites firent les frais des braconniers, ni l'un ni l'autre n'ayant perdu la main.

– Le bonheur est ici, Chune, dans notre campagne, dans cette nature, loin du vacarme des autres guerres qui se préparent. Veux-tu que l'on se marie l'année prochaine ? La nouvelle maison sera bien avancée. J'aurai acquis plus d'expérience dans mon métier et je voudrais entreprendre...

– Moi aussi, je veux entreprendre, coupa Chune. Nous sommes deux femmes aux Trois Marches et nous avons des idées !

– Tu es toujours la même, ma petite Chune, je t'aime comme tu es. Quant à moi, j'aurai un jour mon entreprise de maçonnerie, c'est une certitude.

– Tu t'installeras ici, sur les terres des Trois Marches. Je te veux avec moi, j'ai besoin de toi, il y aura notre maison, nos enfants et nos entreprises.

– Tu as bien dit : nos entreprises ?

– Je suis une Favre avec de l'ambition.

– Tu ne le seras plus, et tes enfants ne porteront pas ton nom mais le mien ! Seul Pierre...

– J'ai une nouvelle et une surprise pour toi. J'attends un enfant et c'est un petit Favre qui arrivera bientôt.

– Comment ça un petit Favre ? C'est mon enfant oui ou non ?

– C'est ton enfant, bien sûr, mais nous ne serons pas

mariés lorsqu'il arrivera, tu le reconnaîtras mais il portera mon nom.

– Vous êtes bien compliqués dans cette famille, rétorqua Laurent, agacé.

– Je ne veux pas que Pierre soit le seul Favre, c'est tout simple, il y en aura au moins deux. Mon père n'a pas pensé à cette situation et il faut que je m'accroche, il y a de la place pour plusieurs Favre ici, non ?

La joie de Laurent, effacée pour un instant, avait grand-peine à resurgir, tant les propos de Chune l'avaient surpris. Peu à peu, il réalisa qu'il allait être père, et la joie le submergea.

– Et tu m'annonces cette nouvelle ici, alors que nous barbotons dans notre rivière ! Il arrive quand, ce petit ?

– Au printemps, avec les beaux jours, avec les soleils chauds qui réveillent le monde. J'espère que ce sera un garçon, beau comme son papa.

– Et avec le caractère de Chune, dit-il en l'embrassant une fois encore.

– Encore un mot : tout ceci est secret !

Il y eut des truites pour tous aux Trois Marches, mais Lalise se plaignit de n'avoir pas été invitée à la partie de braconne.

– Madame Marcellin Favre, dit Chune, ce n'est pas de votre rang d'aller patauger dans les ruisseaux, voyons !

Et tous éclatèrent de rire.

Il restait à élucider ce qu'entendait Chune par : « son entreprise. »

Que se passait-il lorsque la nuit tombait sur les Trois Marches ? La porte s'ouvrait-elle entre la chambre de Lalise et celle de Marcellin ? Chune savait garder cette distance respectueuse avec son amie qui pourtant n'avait aucun secret pour elle et qui était maintenant devenue la femme de son père. En revanche, Pierre s'adaptait parfaitement, et Papelin, sans s'en rendre compte, se comportait bien souvent en grand-père devant ce petit, ce petit Favre. Sa voix se faisait douce et ses gestes également, trahissant parfois ce manque d'autorité qui le caractérisait auparavant. Était-il aussi terrible qu'il eût voulu l'être ? Et cette nouvelle tendresse de Lalise ne démolissait-elle pas le rempart qu'il s'était construit autour de lui ? Même les repas ne se prenaient plus à heures fixes...

Avec Boislambre, ils discutaient longuement sur les parcelles à modifier.

– Toutes ces haies sauvages qui séparent nos terres sont désormais inutiles, ce serait du temps perdu pour le travail, affirmait Marcellin.

– Si tu veux, ajoutait Boislambre, on pourrait commencer par ne faire qu'un champ des deux, côte à côte, là-bas, les terres se ressemblent, pas besoin de ce passage entre elles.

– On va tracer un nouvel accès pour le domaine qui desservira les deux habitations, la tienne et la mienne, sans allonger. Faudra aussi renforcer le pont de la Vigourette qui semble mal en point.

La nouvelle vie de famille occupait tellement Marcellin qu'il n'ouvrait quasiment plus le journal, ne parcourait que les gros titres.

En ce début d'octobre, la presse et la radio annoncèrent pourtant le terrible procès de Nuremberg, et lorsque le verdict tomba, de neuf condamnations à mort par pendaison, Marcellin ne put réprimer un geste de révolte et de dégoût. Il considérait la peine bien mince. Il pensait à Paul, à Julienne.

Chaque semaine qui passait apportait son lot de projets, et vers la fin de l'année, Lalise et Chune décidèrent de s'exprimer. Lalise, sous l'impulsion de Chune, s'habillait de manière plus colorée, plus à la mode, prenait une assurance insoupçonnée. Sa mère lui en avait fait la remarque :

– Es-tu sûre d'avoir besoin de ces vêtements pour travailler dans les champs ? Je trouve que tu gaspilles...

Lalise ne changeait pas et son mari – peut-être amoureux – laissait faire. Ces deux femmes besognaient si dur qu'il eût été malvenu de leur adresser des reproches.

– Il faut qu'on te parle, Marcellin, dit Lalise à son époux devant Chune.

Il leva les yeux, étonné.

– Oui, papa, nous avons beaucoup de projets et comme le domaine des Trois Marches nous appartient à tous les trois, nous voudrions te parler, monsieur Favre.

Le « monsieur Favre » inquiéta soudain Marcellin. Que cachait donc cette manœuvre ?

– Que voulez-vous me dire, toutes les deux, il y a quelque chose qui ne va pas ?

– Nous avons des idées pour améliorer le devenir de la ferme. Avec les surfaces de maintenant, une organisation nouvelle s'impose, dit Chune.

– Diable ! Ça regarde les hommes en principe ces choses-là. Expliquez-vous !

– Chune aime tout ce qui est mécanique et moi tout ce qui est production, dit Lalise. Nous allons nous partager le travail en créant une association pour développer les rendements et rentabiliser le matériel.

« Monsieur » Favre fronçait les sourcils... production, matériel, association, des mots inquiétants qui appelaient investissements à venir, des gouffres peut-être.

– Je vous arrête tout de suite. Qui vous a mis ces idées dans la tête ?

– Vous-même, monsieur Favre !

– Moi ? Et comment donc ? Dit-il en s'énervant.

– Ton idée, c'était d'agrandir le domaine. C'est fait. Lalise est des nôtres et nous, parce que nous y croyons, nous voulons aussi continuer et prospérer. Il y aura des enfants plus tard et qui feront comme toi, comme nous.

– Et moi, alors ? cria-t-il, bondissant de ses gonds.

– Toi, tu es mon mari, le créateur du domaine et tu es notre moteur premier. L'année prochaine, nous sèmerons du froment sur les nouveaux champs, même s'il faut ajouter de l'engrais.

– L'année suivante, notre batteuse battra notre moisson et celle des autres dans tout le canton, je m'en occuperai moi-même ! Ça ne me fait pas peur.

– Avez-vous perdu la tête toutes les deux ?

– Oui, mais pour toi, pour que tu sois fier de ta femme et de ta fille, et ceux qui arriveront te vénéreront pour ton esprit d'initiative !

– Laissez-moi prendre l'air, s'il vous plaît, dit-il en sortant.

Mais au lieu de le laisser partir seul, elles sortirent avec lui, l'accompagnant et le tenant affectueusement chacune par un bras, avec le sourire.

– C'est un guet-apens, dit-il en souriant. Mais tout de même, comment allons-nous faire pour financer tous ces projets ?

– Actuellement, le monde agricole doit fournir de plus en plus de denrées alimentaires. Le Crédit mutuel agricole aide ceux qui entreprennent, c'est le bon moment, il n'y a que du vieux matériel dans nos campagnes, appuyait Chune. Nous créerons une société qui aura pour but de moissonner, de battre, et plus tard, j'ai l'intention de posséder une moissonneuse-batteuse !

– Où as-tu appris ça ? Une moissonneuse-batteuse ? Ma fille est folle !

– Avec cette machine qui existe déjà en Allemagne, j'irai dans toutes les propriétés travailler à l'heure, à la tâche, comme on voudra...

– Elle a raison, Marcellin, c'est une ère nouvelle et

une chance pour nous. On parlera de nous, des Trois Marches dans tout le pays. Nous conserverons encore quelque temps les topinambours et le blé noir, mais bientôt nos champs donneront les plus beaux froments de la région. Nous produirons des céréales sélectionnées et les légumes demandés. On viendra visiter nos étables équipées de trayeuses électriques, d'évacuateur de fumier, d'abreuvoirs automatiques. Nos bêtes obtiendront des prix d'honneur dans les foires et les concours agricoles, tu seras fier, Marcellin, fier de ta famille !

Décembre arrivait bien vite. Marcellin avait décidé de commencer la maison pour Chune, avec l'aide de l'entreprise Marcinac, comme il se devait. Les terrassements marquaient déjà l'emplacement de la future habitation. Laurent, le chef du chantier, était à son aise et tout serait réalisé dans les meilleures conditions. Les Favre, possédant une carrière mal exploitée, l'avaient rouverte pour l'occasion et déjà un tas de matériaux attendait.

Laurent Sylvestre partageait avec Chune, tout au moins dans l'intention, les projets de l'exploitation. Mais il voyait aussi le ventre de Chune s'arrondir et parfois, il aimait parler à son enfant, et ce qu'il lui disait demeurait entre eux, ce qui avait le don d'agacer Chune. Les vêtements d'hiver dissimulaient encore sa grossesse, mais viendrait rapidement le jour où...

Lalise, en maîtresse de maison, lança des invitations pour Noël. La messe de minuit rassembla tous les habitués y compris Pierre, Laurent, les parents de Lalise, Firmin et Esmeralda. La neige s'étant décommandée, le chemin sec mais gelé se parcourait facilement. Tous avaient retrouvé lanternes et falots, comme autrefois.

– Nous sommes une tribu ! déclama Chune.

Et tous de sourire, car il y avait du vrai dans ces mots : la tribu des Trois Marches.

L'église toute froide accueillait ses paroissiens, les rassemblant autour de cet événement toujours dignement fêté. Les chœurs se déchaînèrent et il sembla même que les croisées des ogives gothiques chantaient de conserve.

La messe fut encore plus émouvante que les années précédentes. On eût dit que c'était pour ceux des Trois Marches, tous réunis sur les dalles froides de la maison de Dieu. À la sortie, on aurait pu entendre, même à un moment comme celui-là, quelques propos disgracieux à leur endroit, compensés d'ailleurs par d'aimables congratulations.

De retour vers leur hameau, le groupe entonna quelques vieux refrains dont cette berceuse que l'on chantait parfois devant la crèche :

Venez, bergers et bergères, fêter le petit poupon !
Couché sur la paille, n'a ni sous ni mailles,
Blotti comme caille au creux du sillon.
Des milliers d'angelots soufflant à pleins pipeaux,
Font sonner les échos : Gloria Domino !

Sa maman fait signe, jouez en sourdine,
Flûtes, mandolines, il dort le petiot...

Mme et M. Boislambre chantonnaient eux aussi, tenant le petit Pierre chacun d'une main ou le portant de temps à autre dans les bras. Bousculades, éclats de rire des uns et des autres... Au bout du chemin, un repas attendait tout ce petit monde chez les Favre.

Près de la cheminée, le père Noël avait déposé un gros jouet pour Pierre. Celui-ci hurla de joie en le voyant. Il n'y avait sans doute rien de plus magnifique. Un attelage de deux bœufs tirant un char à foin, le tout en bois teinté.

– C'est les bœufs de Papelin, les bœufs de Papelin !

Et de s'en emparer et de ne plus vouloir s'en séparer...

Les jeunes femmes s'affairaient et chacun trouvait une petite place autour de la grande table. Puis Marcellin Favre se leva et prit la parole :

– Chers amis, je souhaiterais vous adresser quelques mots, vous souhaiter un joyeux Noël à tous. Je voudrais aussi vous dire, à vous deux, Marie et Jean Boislambre, que votre fille m'a apporté un nouveau bonheur et je tenais à vous en remercier ici, devant tous, sans l'oublier bien sûr.

Si Marie ne pouvait contenir ses larmes, Jean n'en était pas moins ému. Décidément, Marcellin les étonnait. Puis Lalise rappela :

– Demain, à l'heure du déjeuner, nous serons tous ici comme maintenant. Mais à partir d'aujourd'hui, maman et toi papa, viendrez tous les dimanches déjeuner ici, avec nous, Marcellin et moi y tenons particulièrement.

Tonnerre d'applaudissements.

– Puisque c'est le jour des bonnes nouvelles, dit Chune en se levant à son tour, je vous annonce que j'attends un enfant, un petit Favre !

Laurent, qui savait, souriait devant l'étonnement non de l'arrivée d'un petit, mais d'un Favre. Chune reprit, en regardant son père figé :

– Tu voulais que ton nom se perpétue, voilà qui sera fait. Nous nous marierons plus tard, peut-être cet été, si tu y consens, dit-elle malicieusement.

Marcellin regardait Laurent qui vint lui dire tout près :

– Ce que femme veut...

– Et tu le souhaites aussi ?

Il fit oui de la tête et tous trinquèrent à toutes ces belles intentions. Lalise profita d'un instant pour dire sa surprise à Chune.

– J'attendais Noël pour vous l'annoncer, tout simplement.

– Je voyais bien que tu ne maigrissais pas, répondit Lalise en lui déposant un rapide baiser sur la joue.

Le lendemain matin, Marcellin quitta les Trois Marches en précisant qu'il s'absentait pour deux petites heures environ. On le vit s'éloigner du hameau.

Trop d'émotions l'avaient submergé, bouleversé

sans doute. Un besoin soudain de parler, de soulager sa pensée, de partager aussi. Dès le village atteint, il emprunta le chemin du cimetière... En cette journée du 25 décembre, il n'y avait personne pour apercevoir cette silhouette glisser dans les allées, entre les pierres tombales. Puis il s'arrêta soudain.

– Ma pauvre Julienne, vois-tu ce qui arrive ? La maison Favre se modifie, se transforme, s'agrandit. Je pense toujours à toi et je souhaiterais que tu partages avec moi ce chambardement, que dis-je, cette révolution qui se prépare à la ferme, car c'est une véritable révolution qui arrive. Il y aura un autre petit Favre à la maison avec Chune, jamais je n'aurais imaginé ça, jamais. Tu n'es plus là, mais ils sont aussi un peu à toi, c'est ce que j'étais venu te dire en ce jour des fêtes de Noël. Quant à notre Paul, nous n'avons jamais eu d'autres nouvelles, je veux parler du retour de son corps. J'aurais tant souhaité qu'il repose auprès de toi, et de moi aussi, plus tard, un jour, dans notre commune.

Il demeurait là, planté comme une statue de pierre résistant au vent glacé de l'hiver. Puis :

– Il faut que j'y aille, Julienne, ils s'inquiéteraient si je tardais trop.

Ses yeux cillèrent et il s'en revint lentement, comme s'il venait d'accomplir un devoir important.

Douze coups frappèrent à la pendule.

– Tu as faim, Papelin ?

– Oui, j'ai même très faim aujourd'hui, je ne sais pas pourquoi, et si je ne me retenais pas je te mangerais comme un ogre.

– Un ogre ? C'est quoi un ogre ?

– Un ignoble personnage qui a toujours faim, qui mange énormément et même les petits enfants, dit-il en grimaçant.

Le petit Pierre s'enfuit vers sa mère en pleurnichant.

– Papelin ne mange pas les enfants, il les aime, au contraire. Peut-être un jour, il a été un ogre mais aujourd'hui, c'est fini, dit Lalise.

– Tu n'es plus un ogre, Papelin ?

– Je te raconterai une histoire, mais ce soir, au coin du feu, viens donc t'asseoir à côté de moi.

La table avait été agrandie afin que les convives fussent à l'aise. On ferma le froid dehors. Esmeralda, devenue excellente cuisinière, fut applaudie lorsqu'elle eut annoncé le menu. Firmin ne la quittait pas du regard et il eût fallu être idiot pour ne point comprendre. Le repas se déroulait dans la bonne humeur et les bouteilles des réserves perdaient facilement leur bouchon.

La conversation portait sur la propriété et ils parlaient de tout ce qui y était rattaché, voire des détails surprenants. Jean se cramponnait. Puis, s'adressant à Marcellin :

– Tu nous fais vivre une drôle d'aventure, Favre, nous avons des difficultés à te suivre, mais c'est toi qui décides maintenant.

– Détrompe-toi, Boislambre, ce pouvoir appartient désormais aux deux femmes que tu vois là.

Il désignait Chune et Lalise. Jean Boislambre n'était pas encore convaincu, connaissant Marcellin comme un fin renard, mais il n'avait plus les cartes en main.

Tous parlaient encore et encore des terres, des bêtes, des machines, et autres constructions. Les liqueurs surprenaient les palais.

Quand le soir arriva, que le jour voulut s'en aller, les invités se retirèrent aussi. Esmeralda tenta de dire quelque chose mais le moment fut difficile à trouver. Chune, l'ayant deviné, lui dit :

– Tout va bien, Esmeralda ?

– Je voudrais vous dire, enfin, voilà : Robin m'avait surnommée Esmeralda, et tant que nous étions ensemble tout allait bien. Mais tout ça est loin et perdu à jamais. En réalité je m'appelle Antonia.

– Antonia ? reprit Laurent, ça vient de...

– De l'Est, de très loin, et la deuxième chose, c'est que ce soir, nous voulons sortir, Firmin et moi...

– Voilà une excellente nouvelle, dit Lalise, et nous en sommes tous très heureux.

Esmeralda semblait soulagée. N'avait-elle pas, elle aussi, droit à un autre bonheur ? Firmin, comme à son habitude, ne parlait pas. Marcellin intervint :

– Avez-vous l'intention de nous quitter tous les deux ?

– Non, répondit Firmin, simplement besoin de trouver une ou deux pièces pour vivre comme tout le monde, peut-être à Saubrane.

En un accord tacite et imprévu, tous applaudirent bruyamment.

Il ne restait plus que Lalise et Marcellin, Chune et Laurent pour le souper, sans oublier le jeune Pierre. La table devint trop grande. Lalise et Chune préparaient le repas en accommodant les restes de midi. Personne n'avait grand-faim. Soudain Pierre, s'adressant à Marcellin :

– Papelin, tu m'avais promis une histoire pour ce soir, sur l'ogre.

– Tu as bonne mémoire mon petit. C'est l'histoire d'un monsieur qui, à force d'appétit, mangeait de plus en plus et grossissait à vue d'œil.

– Il était gros comme une vache ?

– Presque, Pierre, presque. On se moquait de lui parce qu'il avait toujours faim et un jour, il rencontra un personnage très gentil, mais qui avait un peu peur de lui.

– Il voulait le manger aussi ?

– Au début, oui, mais petit à petit, il devint son ami.

– On peut devenir ami avec un ogre ?

– La preuve fut faite. Et cet ami lui fit perdre les mauvaises habitudes, lui apprit à manger comme tout le monde. Et, petit à petit, il devint lui aussi gentil et aimable, il écoutait ce qu'on voulait lui dire et s'aperçut qu'il s'était trompé bien souvent.

Tous étaient suspendus à ses lèvres, même le chien le regardait de son coin.

– C'est un gentil maintenant ? Tu le connais ?

– On m'a dit qu'il était gentil et qu'il savait écouter les autres, ayant mis orgueil et prétention dans sa poche. Je te le montrerai un jour, quand tu seras grand.

– Tu me promets, Papelin ?

– Oui, mon petit, mais c'est l'heure d'aller dormir, ne crois-tu pas ?

Et Lalise coucha son petit qui dormait presque déjà dans ses bras.

– Tu nous as raconté une belle histoire, papa, il me semble que…

– Il te semble reconnaître l'ogre, n'est-ce pas ? Sers-nous donc une gnôle, j'en ai besoin je crois.

Marcellin avait envie de parler, sans doute comme le matin même au cimetière. Alors devant sa femme, sa fille et son futur gendre, il reprit :

– Quelques minutes avant sa mort, mon père m'a dit quelques mots qui deviennent engagement lorsqu'on s'y tient toute sa vie. Il souhaitait que j'agrandisse la ferme, que j'achète des terres et surtout ta ferme, dit-il en regardant Lalise. « Plus tu auras de terres, mieux ce sera, même si ce sont des taillis. » Et je me tenais à cet engagement, économisant sou à sou pour acquérir ce que ton père refusait de vendre.

Puis, se tournant vers Chune :

– Ta mère a souffert de ces économies qu'il fallait toujours faire, j'ai été le dernier à installer l'électricité.

Il s'arrêtait, levait le coude, attendait l'effet du passage de l'alcool dans sa gorge. Puis, le regard ailleurs :

– Il y a eu la guerre, la mort de Julienne, celle de Paul. Je voulais toujours la terre et j'ai épousé Lalise, croyant gagner et régner. Mais Lalise a bouleversé ma vie et Pierre aussi. Puis la complicité de Lalise et de Chune m'a ouvert les yeux. Elles sont moralement bien au-dessus de moi et je m'en suis rendu compte jour après jour, oui, je l'avoue aujourd'hui.

Il marqua un temps d'arrêt, puis il continua en s'adressant à Laurent :

– Et vis-à-vis de toi, Laurent, je n'ai pas été juste, aveuglé que j'étais par cet esprit de possession, je l'ai transmis à Paul. Je t'apprécie, Laurent, sache-le et ne l'oublie pas. Voilà ce que je voulais vous dire ce soir, il n'y a plus d'ogre.

Personne ne trouvait un seul mot à dire.

– Je voudrais consacrer le reste de mon existence à vous aider, vous qui m'avez ouvert les yeux sur le futur. Moi, je n'étais qu'orgueil et vanité, je me croyais lié par une promesse qui ne valait pas grand-chose en réalité, puisqu'elle ne prenait pas en compte les conditions de vie de toute ma famille. C'est vous qui ferez des Trois Marches un domaine qui s'élèvera vers le progrès au lieu de courir horizontalement vers la conquête de terres à tout prix. Je l'ai enfin compris.

Les deux jeunes femmes ne purent retenir leurs larmes. L'émotion était à son comble. Laurent sortit de table et se dirigea vers une mallette qu'il avait déposée là dans la journée. Il en retira un document, un plan.

– Le domaine des Trois Marches mérite bien une entrée digne de ce nom. Voilà ce que je ferai pour le domaine quand les chemins auront été modifiés et élargis pour permettre le passage des moissonneuses-batteuses de Chune et Cie.

Marcellin et les femmes découvrirent alors une entrée majestueuse, avec deux piliers dignes d'un accès de château, en pierres claires surmontées de deux sphères. Sur l'un des piliers, en lettres gravées dans la pierre : LES TROIS MARCHES.

Marcellin se leva, embrassa son futur gendre et lui dit :

– Tu es comme les deux autres ! Je te remercie, mon futur gendre !

Ils trinquèrent, sans s'apercevoir que la gnôle atteignait soixante degrés. Dehors, il gelait à pierre fendre.

Avant de rejoindre les chambres, Chune et Lalise se parlèrent un instant. On aurait pu entendre :

– Pour le petit Pierre, crois-tu qu'un jour je pourrai lui dire la vérité ?

– Le temps est un grand maître, fais-lui confiance, le bonheur ne tient souvent qu'à un secret...

Épilogue

Ah ! Les Trois Marches ! On entendait parler que de cette propriété dans le canton et même au-delà. Tout avait changé depuis la guerre, il se racontait que deux femmes dirigeaient la ferme de main de maître et que les hommes n'avaient qu'à bien se tenir !

Raisonnablement, les personnes qui avançaient ces propos n'avaient pas tout à fait tort. Lalise, Mme Favre, ne cachait plus ses cicatrices ayant d'autres chats à fouetter, car c'était elle qui, du matin au soir, donnait ses instructions en partageant la tâche dans le domaine.

Marcellin se rendait toujours dans les marchés et les foires et assurait les cérémonies – enterrements et autres – de sa présence. Le négoce des bêtes lui convenait aussi parfaitement. Le ménage avait acquis une voiture, une Panhard Dyna 100, que Pierre adorait, il avait bientôt neuf ans.

Chune, maintenant mariée à Laurent Sylvestre et mère d'un petit Julien Favre qui courait toujours vers Pierre, avait créé son entreprise au sein de la famille et régnait sur les machines. Son gros ventre indiquait une naissance prochaine. Les moissons et les battages rapportaient beaucoup, et de plus, elle était la seule à posséder une moissonneuse-batteuse dans le pays. Maître de ses engins, Chune montrait à tous qu'une femme pouvait être l'égale de l'homme.

Laurent Sylvestre bâtissait des murs « droits avec des pierres de toutes sortes », restaurait des maisons. La famille Sylvestre habitait aux Trois Marches, dans la maison voisine de celle des Favre.

Dans ce hameau de la réussite, les Boislambre posaient eux aussi leur pierre, les mauvais souvenirs s'étaient envolés et, lorsque le soleil les saluait dans les matins clairs, ils remerciaient le ciel qui les avait sans doute négligés un temps mais récompensés de leur patience plus tard.

Les terres réunissaient désormais plus de quarante hectares. Une partie des bois et taillis avaient été arrachés et remplacés par des champs où le froment avait trouvé sa place. Favre et Boislambre, postés plus haut, à l'endroit où ils pouvaient dominer ces merveilles se balançant sous le vent comme une mer, prenaient le temps de longs silences admiratifs qu'ils aimaient savourer, là, côte à côte, devant cette beauté montée de la terre.

– Ça valait la peine de se battre, rien que pour vivre ce moment, ne crois-tu pas, Boislambre ?

L'autre, en hochant la tête sous son chapeau décoloré par la sueur :

–Je pense bien, Favre. Un champ de froment

comme celui-là et des enfants pour prendre la suite, Ah oui ! ça valait la peine. À propos, je crois que le voisin d'en dessous vendrait bien une partie de ses terres, il n'y arrive plus, depuis que ses enfants sont partis à Paris.

– Tu es devenu pire que moi, Boislambre ! Faut en parler aux femmes.

Sur le chemin, tout en venant à leur rencontre, Pierre et Julien se chamaillaient déjà pour un bout de bois. L'avenir promettait...

DU MÊME AUTEUR

Aux Éditions Albin Michel

LA NOISETIÈRE, 1998.

LE MOULIN DES RÊVES, 2000.

L'ENFANCE INACHEVÉE, 2001.

LA VALLÉE D'ÉMERAUDE, 2003.

UN FILS POUR MES TERRES, 2004.

Aux Éditions De Borée

LE SOLEIL DE MONÉDIÈRE, 1994.

LA DERNIÈRE ESTIVE, 1997.

Composition IGS-CP
Impression : Imprimerie Floch, septembre 2005
Éditions Albin Michel
22, rue Huyghens, 75014 Paris
www.albin-michel.fr
ISBN : 2-226-16810-9
N° d'édition : 23664. – N° d'impression : 63681
Dépôt légal : octobre 2005
Imprimé en France